미래에서 온 영화감독

철순 현대 판타지 장편소설

WISHBOOKS MODERN FANTASY STORY

미래에서 온 영화감독 8

철순 현대 판타지 장편소설

초판 1쇄 찍은 날 | 2019년 7월 18일
초판 1쇄 펴낸 날 | 2019년 7월 25일

지은이 | 철순
펴낸이 | 예경원

기획 | 위시북스
편집책임 | 이규재
편집 | 위시북스

펴낸곳 | 예원북스
등록번호 | 제396-2012-000132호
등록일자 | 2012. 7. 25
KFN | 제1-444호

주소 | 경기도 고양시 일산동구 호수로 646-24 위너스21II빌딩 206A호 (우)10401
전화 | 031-819-9431 팩스 | 031-817-9432
E-mail | yewonbooks@naver.com

ISBN 979-11-6424-593-2 04810
979-11-965806-5-0 (set)

※ 이 도서의 국립중앙도서관 출판시도서목록(CIP)은 서지정보유통지원시스템 홈페이지(http://seoji.go.kr)와 국가자료공동목록시스템(http://www.nl.go.kr/kolisnet)에서 이용하실 수 있습니다.

미래에서 온 영화감독

8

철순 현대 판타지 장편소설

WISHBOOKS MODERN FANTASY STORY

미래에서 온 영화감독

CONTENTS

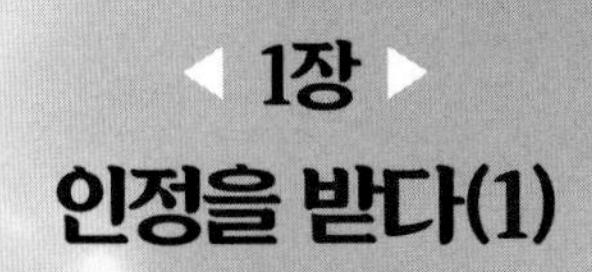

◀ 1장 ▶

인정을 받다(1)

이미 몇십 번이나 본 장면이었지만 뚜렷한 답이 나오지 않으니 방법이 없었다. 그러니 다시 볼 수밖에.

재생 버튼을 누르자 이제는 대사마저 외워 버린 장면이 다시 재생되었고 영혼 없이 방황하던 두 사람의 눈동자가 반짝이기 시작했다.

그렇게 몇 시간이나 지났을까.

커피를 마시기 위해 잔을 들었던 디아나가 아, 하는 탄성과 함께 말했다.

"커피 떨어졌다."

"이번엔 내가 타올 테니까 잠깐 쉴래?"

"그래. 난 5분만 눈 좀 붙일게. 오면 깨워줘."

고개를 끄덕인 가스파르가 두 개의 잔을 들고일어나 편집실 문을 열려는 순간, 누군가 편집실의 문을 열고 들어왔다.

"강 감독님? 여긴 어쩐……."

의외의 등장에 깜짝 놀란 가스파르는 인사를 하려다 훅 풍겨오는 술 냄새에 코끝을 찌푸렸다.

"술 드셨어요?"

"조금요."

벌게진 얼굴과 흐트러진 옷매무새, 그리고 진하게 풍겨오는 술 냄새를 맡은 가스파르는 의외라는 듯 물었다.

"조금이 아닌데…… 감독님도 취하시네요?"

회식 자리의 강찬은 무적에 가까운, 아니 말 그대로 무적이었다. 그 누가, 그리고 몇 명이 달려들어도 강찬은 취하지 않았고 결국 술의 신이라는 별명까지 얻은 강찬이 취하다니.

"사람인데 취하죠, 당연히."

"세상에. 얼마나 드셨기에 강 감독님이 취하세요?"

강찬이 멋쩍게 웃는 사이 눈을 감고 있던 디아나가 벌떡 일어서며 인사를 건네 왔다.

"감독님, 오셨어요?"

그녀의 인사를 받은 강찬은 편집실 안을 쓱 둘러보며 물었다.

"퇴근들 안 하고 뭐 해요."

"아, 후보정이 안 끝나서요."

"저거 사흘 전부터 하고 있던 거 아니에요?"

"그렇긴 한데……."

모니터에 떠 있는 화면만으로 무슨 작업을 하고 있는지 캐치 한 강찬은 흐트러진 머리칼을 쓱 쓸어 올리며 빈자리에 앉았다.

그리곤 턱을 괸 채 두 명의 서브 감독이 작업해놓은 결과물들을 훑기 시작했고 디아나와 가스파르는 숙제 검사를 받는 초등학생처럼 손가락을 꼼지락거리며 선 채로 기다렸다.

그렇게 10분이나 되었을까.

"두 사람, 후보정은 처음이죠?"

"예."

고개를 끄덕인 강찬은 빈 의자 두 개를 가리키며 말했다.

"일단 앉으시고. 후보정은 목적이 중요해요. 간단히 말하자면, '관객들에게 이 장면을 어떻게 보여주고 싶다.' 하는 목적이 있어야 한다는 말이죠."

강찬은 두 사람이 작업해놓은 영상을 재생하며 말을 이었다.

"그런데 이 영상엔 그런 게 없어요. 뭐랄까…… 그럴듯해 보이는 효과만 들이부은 매쉬업 같다고 할까요."

적나라한 지적에 두 사람의 고개가 숙여졌을 때, 강찬은 키보드에 손을 얹고 프로그램을 조작했다.

그러자 파일 원본이 떠올랐고 곧 강찬의 색채대로 영상의 후보정이 시작되었다.

"우리의 영화 '드라큘라'의 분위기는 어둡죠. 하지만 어두운 게 다가 아니죠. 그 안에 무거움과 장엄함. 마치 왕족이 된 울버린이라고 할까요. 모든 것을 제 마음대로 하지만 말투는 고귀하고 행동 또한 기품이 넘치는, 그런 주인공이 나오는 영화잖아요?"

어느새 수첩까지 꺼내든 두 사람이 열심히 받아적는 그 순간에도 강찬의 손은 빠르게 움직이고 있었다.

그가 손을 움직일 때마다 화면의 명도와 채도가 조금씩 변해갔다. 어떨 땐 과하다 싶을 정도로 변하기도 했고 아예 변화가 없는 것 같지만 무언가 변했다는 느낌이 들기도 한 장면이 훅훅 지나가길 10여 분.

가스파르와 디아나의 머릿속에는 똑같은 의문이 들었다.

'어색할 거 같은데.'

너무 밝거나 너무 어두운 부분이 있었고 어느 부문의 채도는 쨍해 눈에 띄다 못해 그것만 보였다.

두 사람의 근심이 깊어가는 것과 같은 속도로 강찬의 후보정이 이어졌고 이윽고 마지막 신의 작업이 끝났을 때. 강찬은 두 사람을 향해 돌려 앉으며 말했다.

"명도와 채도. 딱 두 가지만 건드렸습니다. 한 번 보세요."

달칵, 하는 소리와 함께 영상이 재생되었다.

"……와."

가스파르는 영상이 끝남과 동시에 다시 재생 버튼을 눌러 한 번 더 본 뒤에야 입을 열었다.

"뭐지? 분명……."

'따로 볼 때는 이상했는데.'라는 말을 꾹 삼킨 가스파르가 강찬을 바라보았고 그는 이해한다는 듯 설명을 시작했다.

"사람의 시각이 한 번에 수용하는 정보는 그렇게 많지 않아요. 특히나 블록버스터 같은 장르의 영화에서는 한 장면의 피사체가 많으니 더더욱이나 그렇죠. 그러니 집중해야 할 대상 하나만 강조해 주고 나머지는 말 그대로 배경으로 사용한 겁니다."

강찬이 만진 것은 그가 말했듯 명도와 채도뿐이다. 그런데도 원래의 영상보다 훨씬 더 보기 편하고 집중이 되는 영상이 탄생한 것.

두 사람은 입을 닫지 못한 채 강찬과 영상을 번갈아 보며 말했다.

"확실히…… 색감에 따라 분위기가 완전히 달라지네요."

"명도, 채도가 중요하다는 건 알고 있었지만, 이 정도일 줄이야. 무슨 마술 같습니다."

사흘간 한 작업물보다 술에 취한 강찬이 20분 작업한 게 더 낫다는 것에 자괴감에 빠진 것도 잠시.

"이 정도 실력은 있어야 천재 감독 소리를 들을 수 있나 봐요."

"그러니까."

어느 정도 비빌 구석이 보여야 자괴감이 들고 질투가 나는 법, 아예 클래스가 다른 것을 체감한 두 사람은 감탄하기에 여념이 없었다.

"아까 볼 때는 채도가 너무 쨍하다고 생각했는데 지나가는 장면으로 보니까 확실히 주인공이 부각하고 어떤 대사를 하는지, 어떤 행동을 하는지가 한눈에 들어오네요. 쨍하다는 느낌은 전혀 없고. 어떻게 하신 거예요?"

"이건……."

감탄을 마친 두 사람은 질문을 시작했고 강찬은 그들의 질문 하나하나에 성심성의껏 대답해 주었다.

그렇게 얼마나 되었을까.

"사람이 있네?"

편집실의 문이 열리며 조그만 얼굴이 쏙 들어왔다. 한 손에 커피를 든 안민영은 동그래진 눈으로 세 사람을 바라보며 말했다.

"세상에 강 감독, 두 사람 퇴근은 시켜야지. 아직 붙잡고 있으면 어떻게 해?"

"그런 거 아녜요."

가스파르에게 설명을 들은 안민영은 미안하다는 말과 함께

헤헤, 하고 웃은 뒤 말했다.

"강 감독, 이거 끝나고 이야기 좀 나눌 수 있을까?"

"그럼요. 10분 안으로 갈게요."

"오케이, 회의실에 있을게. 그럼 고생!"

인사와 함께 안민영이 나간 뒤, 강찬은 막간 수업을 마무리했다.

"두 사람이 고민하는 것도 좋지만 가끔은 돌아가는 지혜도 필요할 때가 있잖아요? 그럴 때는 언제든 부르세요."

"알겠습니다."

"네."

두 사람의 대답을 들은 강찬은 빨리 퇴근하라는 말을 남긴 뒤 안민영이 기다리고 있는 회의실로 향했다.

"왔어?"

"예."

"어휴, 도대체 얼마나 마신 거야?"

"얼마 안 마셨어요."

"술 냄새가 진동하는데?"

"흠흠, 그건 그렇고 하실 말씀 있으시다면서요."

가늘게 뜬 눈으로 강찬을 흘겨본 안민영은 이번만 넘어가 준다는 듯 한숨을 쉰 뒤 말했다.

"HKIFF. 알아?"

"홍콩 인터네셔널 필름 페스티벌(HongKong International Film Festival). 홍콩 국제 영화제잖아요."

홍콩 국제 영화제, 금계장 그리고 백화장과 함께 중화권 3대 영화제라 손꼽히는 비경쟁 영화제이며 아시아 영화인들의 작품을 소개하고 발굴하는 권위 있는 영화제 중 하나다.

"응. 그거."

안민영은 흐흐흐, 하고 웃으며 뜸을 들인 뒤 말을 이었다.

"거기 개막작이 뭔 줄 알아?"

"……올해요?"

"응."

"설마……."

"설마가 사람을 그렇게 잘 잡더라고."

안민영은 흘러나오는 웃음을 참지 못하고 연신 미소를 흘리며 서류 하나를 내밀었다.

"HKIFF 개막식 개막작을 '지킬 앤 하이드'로 하고 싶다는데."

강찬은 믿을 수 없다는 듯 서류를 읽어나갔고 안민영은 끝나지 않았다는 듯 손가락을 튕기며 말했다.

"거기에 플러스로 오프닝 MC를 맡아주면 좋겠다는데, 어떻게 생각해?"

HKIFF는 1977년부터 열려온 권위 있는 영화제. 그런 영화제의 개막작으로 초청받았다는 사실에 강찬은 입을 쩍 벌렸다.

“진짜요?”

“서류 봤잖아. 내가 위조라도 했을까 봐?”

“아뇨. 안 믿겨서…….”

“그럼 거절하는 거로?”

안민영이 장난기 섞인 물음을 던지자 강찬은 고개를 절레절레 저었다.

“당연히 가야죠.”

부산국제영화제가 크게 흥행하면서부터 아시아 제일의 비경쟁 영화제라는 타이틀을 뺏긴 영화제긴 하지만 그래도 여전히 세계적으로 인정받는 영화제 중 하나다.

“축하해.”

“감사합니다. 다 안 PD님 덕이에요.”

“답지 않은 내숭은.”

안민영이 내민 악수를 받은 강찬이 감사를 표하자 그녀는 장난스레 코웃음을 치며 말을 이었다.

“영화제 기간은 3월22일부터 4월 13일까지. 아, 그리고 좋은 소식 하나 더.”

“또 있어요?”

“HKIFF 기간 동안 아시안 필름 어워드라는 걸 진행하거든.”

“예.”

비경쟁 영화제인 홍콩국제영화제의 일환으로 열리는 시상

식으로 부산국제영화제에 밀리기 시작하며 부진해진 홍콩국제영화제를 활성화하기 위해 시작되었다.

작년인 2008년 시작해 2009년인 현재 이제 2회 차를 맞는 신생 시상식이기에 아직 권위가 있다 하진 못하지만 5년 뒤, 2014년 부산국제영화제와 도쿄국제영화제와 함께 AFAA(Asian Film Awards Academy)를 출범시키며 인지도가 생기게 된다.

"거기도 노미네이트 됐어."

"……세상에."

연달아 들려오는 기쁜 소식에 강찬의 머릿속이 새하얘졌다.

"우리 강 감독, 무지하게 잘 나가네."

"그러게요."

"백상예술대상에 HKIFF, 거기에 AFA까지. 이러다 베네치아나 칸, 베를린 이런 영화제도 가는 거 아니야?"

강찬은 대답 대신 방금까지 안민영이 짓고 있던 흐흐흐, 하는 웃음을 흘렸고 안민영은 못 말린다는 듯 고개를 저었다.

"그건 그렇고 시간은 괜찮겠어? 세 개 다 참가하려면 촬영 스케줄이 겹칠 텐데."

"그거야 우리 유능하신 PD님들이 알아서 해주시지 않으실까요?"

"……내가 말을 말아야지."

스케줄을 관리하는 건 감독이 아닌 PD의 일. 자기 무덤을

판 안민영은 입술을 비죽 내밀었고 그 모습을 본 강찬이 말했다.

“아, 저도 말씀드릴 거 있어요.”

“뭔데?”

“저 직원 면담 좀 하고 싶은데요.”

“무슨 면담?”

“제가 바지긴 해도 나름 대표인데 직원들한테 너무 무심하지 않았나 하는 생각이 들어서요.”

바지라는 말에 헛웃음을 흘린 안민영은 이내 코끝을 찡그렸다.

“전부?”

“네.”

“……왜?”

“방금 말씀드렸잖아요. 너무 무심…….”

“겨우 그거 가지고 영화 두 편 찍느라 몸이 두 개여도 모자랄 양반이 없는 시간을 쪼개서 전 직원 면담을 하겠다고?”

의외로 날카로운 질문에 강찬의 말문이 막혔다.

강찬이 전 직원 면담을 하려는 이유는 능력 ‘발아’를 사용하기 위해서였다. 지금까지 보아온 결과, 능력은 사용하면 사용할수록 등급이 올라갔다.

즉, ‘발아’ 또한 사용해야 등급이 오른다는 소리고 등급이 올라가면 더 좋은 부가효과가 생기는 것은 당연한 결과.

그렇다고 아무나 발아를 시킬 순 없었기에 ATM의 직원들을 발아시키려는 것이었다. 그들의 능력이 향상되면 회사에 득이 되면 득이 되었지 실이 되진 않을 테니까.

그렇게 강화된 능력은 다시 강찬의 최측근들에게도 돌아갈 것이고 강찬이 이끄는 ATM, 강찬 사단은 나날이 몸집을 불릴 터.

'어떤 능력이 생길지도 궁금하고.'

발아의 단계가 높아지면 생기는 부가능력 또한 궁금했다.

'그러고 보니 한 사람에게 두 번 사용이 되려나.'

강찬의 생각이 삼천포로 빠져들어 갈 때, 안민영이 손가락을 튕겨 그의 정신을 붙잡으며 말했다.

"뭐 무슨 생각이 있으니까 그러는 거겠지. 알았어."

"역시 안 PD님. 이해해 주셔서 감사합니다."

"다른 건?"

"없어요."

"오케이, 그럼 난 오후 미팅 때문에 정리할 게 있어서 먼저 일어날게."

"네. 오늘 하루도 파이팅입니다."

"강 감독도 좋은 하루."

인사를 마친 안민영은 들고 온 서류를 가지고 자신의 자리로 향했고 강찬은 휴식을 위해 자신의 집으로 향했다.

대표와의 개별 면담.

숨 막히는 단어들의 조합이었고 강찬과 대화를 오는 직원들의 표정 또한 불편하기 짝이 없었다.

그와 현장에서 일하는 스태프들이야 강찬의 성격을 잘 알고 부대끼며 살아왔기에 덜 했지만, 내부적인 일을 하며 얼굴만 아는 사이인 직원들은 사고를 친 강아지처럼 안절부절못하곤 했다.

"편하게 계세요. 물론 제가 이런 말을 한다고 해봤자 편하진 않으시겠지만."

ATM 광고팀의 막내이자 입사한 지 두 달이 된 솔리 메이덴은 강찬의 농담에 허리를 더 곧게 폈다.

'불편하겠지.'

강찬이 반대의 상황에 처한다 하더라도 똑같이 행동했을 것이다. 이제 회사에 갓 들어온 신입사원이 자신보다 어린 회사 대표와 면담을 한다니.

'무슨 기분이 들까.'

잡생각을 하던 강찬은 고개를 휘휘 젓고선 리스트에 있는 질문을 던졌다. 회사생활은 어떻냐, 개선할 부분이 있느냐, 앞으로 회사에서 어떤 일을 하고 싶으냐 등등.

강찬은 대화를 나누며 상대가 가진 발아의 씨앗을 발아시켰다. 그리곤 질문에 대한 대답을 받아 적는 척하며 그녀가 가진 발아 능력의 특성을 적어 넣은 뒤 면담을 마쳤다.

"후, 이것도 중노동이네."

시간도 시간이고 소모되는 정신력도 무시하지 못할 만큼인지라 하루에 서너 명이 고작이었다.

ATM 총 직원의 수가 300명에 달하니 전부 면담하려면 적어도 100일이 걸린다는 뜻이었다.

"그래도 해야지."

면담을 시작한 지 열흘, 30명이 넘는 사람들을 발아시키자 '발아' 능력이 2단계로 올라가며 새로운 능력이 개방되었다.

[발아(發芽) - 발아 2단계(파종)]

[파종: 자신이 가진 발아의 씨앗을 대상에게 파종할 수 있습니다. 자신이 가진 발아의 씨앗 단계에 따라 상대에게 파종되는 단계가 달라집니다. 파종 시 자신이 가진 씨앗의 단계는 그대로 유지됩니다. 파종을 위해서는 3단계 이상의 발아의 씨앗이 필요합니다.]

현재 강찬이 지닌 발아의 씨앗 중 3단계인 것은 한 가지.

'연기'뿐이었다.

지금까지 해온 것으로 따지자면 연기보다는 연출이나 편집과 같은 감독 일을 훨씬 더 많이, 그리고 심도 있게 했는데 어째서 연기가 되었는지는 알 수 없었지만.

'배우 중 발아의 씨앗이 없는 이도 있을 테니.'

강찬이 '개안'으로 보아온 결과, 연기를 잘하는 배우라고 무조건 연기에 관한 발아의 씨앗을 가지고 있는 것은 아니었다.

물론 연기의 씨앗을 가지고 있는 이들은 100%라고 할 정도로 연기를 잘 하는 것은 당연한 일, 만약 연기의 씨앗이 없는 이들에게 파종해 준다면 금상첨화일 터.

-강찬 감독의 영화에 출연하기만 하면 연기력이 는다!

하는 재미있는 상황이 벌어질 수도 있을 터. 잠시 상상을 해보던 강찬은 고개를 휘휘 젓고선 다음 면담 대상자를 호출했다.

30분 후, 면담을 끝낸 강찬이 집무실을 나오자 파라가 그에게 따라붙었다.

"보스."

"예."

"한국 가는 김에……."

"방송 출연인가요?"

파라는 엄지를 척, 하고 치켜세우며 '역시' 하며 말을 이었다.

"많이는 아니고, 인터뷰 2개요. 입국해서 하나, 출국 전에 하나. 저번 ATM-YW 출시 이후로 인터뷰 요청이 엄청났거든요. 그런데 그때 말씀하시길……."

"이번 영화 촬영 끝날 때까지는 방송 출연 안 한다고 했었죠."

"그렇죠. 그래서 안 하셨는데, 이번에 한국 들어가시면 비는 시간이 조금 있잖아요?"

파라는 간곡히 부탁한다는 듯 들고 있던 파일을 겨드랑이에 끼우고 양손을 모아 쥐었다.

"그렇게 좋은 기회에요?"

"이보다 좋을 수 없을 정도로."

강찬은 자판기에서 음료를 뽑으며 물었다.

"하나 마실래요?"

"저는 콜라요."

파라의 콜라를 뽑아 건넨 강찬은 아까 한 말에 살을 붙였다.

"너무 밀어붙이는 게 뭔가 이상하긴 합니다만, 파라 성격에 뭐 받진 않았을 거고…… 그 정도로 좋은 기회라고 생각하니까 절 방송에 내보내려는 거겠죠?"

"당연하죠."

대답과 동시에 캔을 딴 파라가 한 모금을 마실 때 강찬은 팔짱을 끼며 말했다.

"입국, 출국 때로 잡힌 거 보면 백상예술대상 최연소 노미네이트…… 뭐 이런 타이틀을 건 거로 인터뷰해서 인기몰이 확해두고, 여섯 개 중 하나라도 받으면 그걸 타이틀 걸고 인터뷰해서 광고 효과 톡톡히 보겠다. 이건가요?"

"켁!"

강찬의 말이 길어지자 콜라를 한 모금 더 마시던 파라는 사레라도 들린 듯 켁켁거렸고 강찬은 그녀에게 휴지를 내밀었다.

곧 진정이 된 파라는 벌게진 눈으로 물어왔다.

"어떻게 알았어요?"

"어떻게 해야 홍보 효과가 극대화될까, 하고 생각해 봤거든요. 그리고 최소한의 시간 투자로 최대한의 효율을 뽑는 방법이 이거라 생각했고요. 파라도 이렇게 생각하는 걸 보니 정답에 가까웠나 봅니다."

파라는 대답 대신 양손의 엄지를 척, 하고 세우더니 강찬과 눈을 맞추며 물었다.

"그럼 하시는 거죠?"

"방송사는 어딘데요?"

"SBC요. 괜찮지 않나요?"

"나쁠 게 있나요. 그럼 그렇게 하는 걸로 하죠."

"넵! 일정 나오면 알려드릴게요."

파라는 콜라 잘 마셨다는 인사와 함께 총총걸음으로 자신의 자리로 돌아갔고 강찬은 그녀의 뒷모습을 바라보다가 이내 휴게실의 쇼파에 앉았다.

백상예술대상은 2월 27일, 강찬의 입국 날짜는 25일이었다.

'사람들 좀 만나고 싶은데.'

한국보다 미국에서 지내는 시간이 월등히 길긴 했지만, 한국에서 만든 인연의 끈을 놓고 싶지는 않았다.

'진주도 보고 싶고.'

여진주가 아이돌로 데뷔한 지도 벌써 4년째, 최고의 전성기를 누리고 있을 때인지라 스케줄의 비는 시간이 있을까 궁금했다.

게다가 이번 영화들도 촬영이 절반 이상 진행되었으니 다음 캐스팅 준비를 해야 하는 상황. 여진주의 스케줄 또한 확인해야 했다.

'생각난 김에.'

강찬은 핸드폰을 꺼내 '이번 달 25~28일 사이에 뭐해?' 하고 문자를 작성했다. 그리고 전송 버튼을 누르기 전.

'너무 아저씨 같은가…….'

'2009년에는 어떤 말투가 유행했더라.' 하고 잠시 고민하던 강찬은 인터넷을 찾아보았고 이내 미간을 굳혔다.

'빵꾸똥구…… 안습…… 지못미…….'

거의 10분간 유행어를 찾아보던 강찬은 인터넷을 꺼버리곤 아까 작성했던 그대로 메시지를 보냈다.

'저런 말들을 써가며 문자를 보내느니, 차라리 아저씨가 낫지.'

고개를 휘휘 저은 강찬은 핸드폰을 품에 넣은 뒤 휴게실을 벗어났다.

두 편의 영화 촬영과 개별 면담을 빙자한 직원들의 발아와 발아 능력의 단계 상승. 두 서브 감독의 교육까지.

눈코 뜰 새 없이 바쁘게 지냈고 그렇게 3주가 지난 2월 24일. 강찬은 백상예술대상에 참가하기 위해 한국행 비행기에 몸을 싣기 위해 공항으로 향했다.

그리고 공항으로 향하는 밴 안.

"연락 올 사람 있어?"

"아뇨."

"아니긴, 출발할 때부터 지금까지 핸드폰만 보고 있던데?"

"……제가요?"

"네. 감독님이요."

강찬은 고개를 저었지만, 안민영은 의심의 끈을 놓지 않았다.

"왜, 진주 양한테 연락했는데 답장이 안 와?"

"어떻게……."

아차, 하고 실수를 깨달았지만 이미 늦었다. 안민영은 씩 웃으며 '그럼 그렇지.' 하며 말을 이었다.

"천하의 강 감독도 연애에는 어쩔 수 없구나."

안민영은 재미있는 장난감을 발견한 고양이 같은 표정을 하고선 강찬을 향해 몸을 돌려 앉았다.

"우리가 몇 년인데 이제 이런 이야기도 할 때가 됐지. 그래도 내가 강 감독보다는 인생에서는 선배잖아? 한번 말해봐. 진주 양하고 진도는 어디까지 나갔어?"

마치 군대 선임 같은 말투에 강찬은 헛웃음을 흘렸다.

"진도는 무슨…… 그런 사이 아닙니다."

"에이, 그러지 말고."

"아니라니깐요?"

"무슨 조선 시대도 아니고 연애 좀 하는 게 뭐 어때서."

대화를 나누는 사이, 정확히는 강찬이 안민영의 집착에서 벗어나기 위해 노력하는 사이 두 사람이 타고 있던 밴이 공항에 도착했다.

"삼 주 전에 보낸 문자에 답장을 못 받았다고?"

"예."

결국 안민영의 성화를 이기지 못한 강찬은 그녀에게 삼주 전 일을 말했고 안민영은 미간을 찌푸리며 답했다.

"그건 좀 심한데. 다른 남자가 생긴 건 아닐까."

"……."

강찬의 시선이 천천히 안민영에게로 돌아갔고 그와 눈을 마주친 안민영은 손을 휘휘 저으며 말했다.

"에이, 장난 친 것 가지고 그렇게 정색하지 마. 강 감독 정색하면 엄청 무서운 상인 거 알아?"

"정색한 적 없습니다."

"지금까지 하고 있으면서. 아이돌이잖아. 바빠서 그렇겠지. 소속사에서 관리한다고 핸드폰 뺏는 경우도 있다 그러던데."

"3년 차 정상급 아이돌들을요?"

"……위로지, 위로. 다시 보내보긴 했고?"

"예."

이번의 침묵은 안민영의 것이었다. 그녀는 입을 일자로 다문 채 강찬을 바라보며 고개를 천천히 끄덕였고 그는 고개를 돌려버렸다.

"무슨 문제가 있는 거겠지. 비행기 시간 늦겠다. 얼른 타자."

안민영은 탑승 수속이 1시간이 남은 비행기를 향해 걸음을 재촉했고 강찬은 짧은 한숨을 내쉬었다.

'별일 아니겠지.'

그러길 바라는 마음으로 다시 한번 '별일 아니겠지.' 하고 속으로 되뇐 강찬은 멀어지는 안민영의 뒤를 따라 걸음을 옮겼다.

한국에 들어온 다음 날, 강찬은 방송 출연을 위해 SBC 방송국을 찾았다.

SBC 방송국 대기실.

마네킹처럼 의자에 앉아 있으면 스타일리스트들이 달라붙어 머리를 손질하고 화장을 시켜주는 사이.

평소라면 다음 촬영을 어떻게 할지 생각하든가 시나리오를 보든 할 텐데 오늘은 아무것도 손에 잡히지 않았다.

아니, 정확히는 핸드폰만 쥐고 있었다.

그리고 진동이 울릴 때마다 확인했지만 기다리는 연락은 오지 않고 있었다.

'바쁜가.'

어떻게든 연락을 하려면 할 수 있었지만 그렇게까지는 하고 싶지 않았다.

'하긴…….'

얼굴을 보는 것도 년에 한 번 볼까 말까인 데다 연락 주기도 달 단위다. 학생일 때 품었던 연심을 유지하는 것을 기대하는 자체가 우스운 상황.

강찬이 무의식적으로 고개를 휘휘 젓자 그의 머리를 세팅하고 있던 헤어디자이너가 강찬의 머리를 살짝 붙잡으며 말했다.

"곧 끝나니까 조금만 가만히 있어 주세요."

"아, 죄송합니다."

그렇게 30분 정도가 지나자 인터뷰의 준비가 끝났다. 한참의 고민 끝에 '인연이 아니라면 어쩔 수 없지.' 하는 결론에 도달한 강찬은 곧 있을 인터뷰의 대본을 보기 시작했다.

그리고 얼마나 지났을까.

똑똑똑, 하고 누군가 그의 대기실 문을 두드렸다.

"들어오세요."

문이 살짝 열리며 틈으로 나타난 것은 꽃다발이었다. 강찬이 의아한 얼굴로 문을 바라보고 있을 때, 문이 확 열리며 한 사람이 들어왔다.

"오빠!"

"……어?"

"짜잔! 서프라이즈!"

갑작스레 나타난 여진주는 양손을 활짝 펴며 환하게 웃었고 강찬은 멍한 얼굴로 그녀를 바라보았다.

"네가 왜 여기……."

여진주는 꽃다발을 든 채로 강찬의 품에 뛰어들었고 곧장 그를 끌어안으며 말했다.

"완전 오랜만이다."

"그러게."

갈 곳을 잃은 강찬의 손이 방황하는 사이 포옹을 끝낸 여진주가 '내 정신 좀 봐.' 하는 말과 함께 문을 닫으며 말을 이었다.

"헤헤, 놀랐죠? 오늘 오빠 인터뷰 진행할 리포터가 저예요."

놀란 것도 잠시, 강찬은 빠르게 표정을 수습하며 현 상황을 이해하려 힘썼고 이내 원래의 표정으로 돌아오며 말했다.

"그럼 연락 안 받은 것도 이것 때문이야?"

"아, 그건 아녜요. 핸드폰을 잃어버리는 바람에 번호를 다 잃어버렸거든요. 연락 많이 했었어요?"

"그것도 그렇고 무슨 일 있는 줄 알고 걱정했지."

"걱정했어요? 미안하긴 한데 기분은 좋네."

헤헤, 하고 미소를 띤 여진주는 연락을 받지 못한 이유를 부연설명 해주었다.

"핸드폰 잃어버리고 다시 만드는데 제 번호를 다시 못 쓴다고 하더라고요. 오빠 미국에 가 있어서 연락할 방법도 없고 오빠 회사랑 오빠한테 이메일도 보내 봤는데 연락도 안 되고."

강찬이 오피셜로 사용하는 이메일은 하루에도 수백 통의 메일이 온다. 그렇기에 중요한 메일은 개인적인 계정으로 받는데 여진주에게는 알려준 적이 없었다.

"그래서 오빠 한국 오면 연락하려고 했는데 이게 웬일, 제가 하는 프로그램에서 오빠 인터뷰를 딴다고 하더라고요. 그래서 제가 왔죠. 이건 선물!"

여진주가 내민 꽃다발을 받은 강찬은 고맙다는 인사와 함께 들어와 앉으라 말했고 두 사람은 쇼파에 마주 앉았다.

"그래서 연락이 안 됐구나."

"네. 미안해요."

"미안할 거 있나."

'정말 별일 아니었구나.' 하는 안심과 함께 '설마' 하는 생각이 들며 파라의 얼굴이 떠올랐다.

'노린 건 아니겠지.'

이상하리만큼 인터뷰를 종용하던 모습이 떠오르긴 했지만, 그녀가 이 정도로 큰 그림을 짰을 것이라는 생각이 들진 않았다.

설마, 라는 생각이 가시진 않았지만, 심증만 있는 상황. 강찬은 파라에 대한 생각은 잠시 접어둔 뒤 여진주에게 집중했다.

"뭐 마실래?"

"아뇨. 괜찮아요."

테이블 위에 꽃다발을 내려놓은 강찬은 명함을 꺼내 그녀에게 건넸다.

"거기 있는 번호랑 메일은 개인적으로 사용하는 거니까 그쪽으로 연락하면 언제든지 받을 수 있어."

"언제든지요?"

"그럼."

말의 어감이 마음에 드는지 다시 한번 '언제든지라고 했어요.' 하고 되뇐 여진주는 배시시 웃으며 말을 이었다.

"오늘 나 오는 거 진짜 몰랐어요?"

"아까 나 놀란 거 봤잖아."

"그러니까. 오빠 그렇게 놀란 거 처음 봤어요. 그건 그렇고 잘 지냈어요? 인터넷으로 보긴 했는데 연락이 안 되니까 답답하더라."

잘 지내냐는 안부와 함께 시작된 질문은 신변잡기로 이어졌고 두 사람은 시간 가는 줄 모르고 정신없이 대화를 나누었다.

"참 오빠. 혹시 오늘 밤에 시간 괜찮아요?"

"그럼 괜찮지. 넌 괜찮아?"

"당연하죠."

어디서 배운 건지, 아니면 타고난 건지, 매력적인 눈웃음을 흘린 그녀는 한 마디를 덧붙였다.

"그런데 집에 좀 들려야 할 것 같은데."

"응. 들렀다가 와."

"아뇨. 오빠도 같이."

그녀의 말에 강찬의 머릿속에는 수많은 생각이 떠올랐다. 그리고 허튼 질문을 하기 전 강찬은 이성적인 대답을 도출해 낼 수 있었다.

"왜?"

"어머니가 오빠랑 할 이야기가 있다고 하시더라고요. 엄마도 오빠 번호가 없어서 연락을 못 하니 저보고 전해주라 하셨어요."

"……배혜정 배우님?"

"네. 우리 엄마."

"왜?"

"잘 모르겠어요. 저한테는 말을 안 해주던데."

이야기라.

배혜정을 마지막으로 본 것은 '악당' 때였다. 그 이후로 두 편의 영화를 제작할 정도의 시간이 지났으니 벌써 몇 년이나 지난 셈.

'영화에 출연시켜달라는 건 아닐 테고.'

'진주를 부탁하려나?' 하는 생각과 함께 두 가지 의미가 떠올랐다. 하나는 영화에 대한, 그리고 다른 하나는…….

'아니겠지.' 하는 생각과 함께 침을 꿀꺽 삼킨 강찬이 말했다.

"그래. 안 그래도 한 번 찾아뵙고 인사드렸어야 했는데 잘됐다."

'악당'을 제작할 때 그녀에게 받은 도움이 없었다면 지금의 강찬도 없었을 터.

"오빠가 거절하면 어쩔까 걱정했는데 고마워요."

"고맙긴."

그녀는 짐을 내려놓은 듯 속 시원한 표정으로 웃음을 흘리며 말했다.

"우리 이번에 앨범 나왔는데 들어 보셨어요?"

"그럼. 진주 너 노래 많이 늘었더라."

"늘긴, 원래 잘했는데."

대화를 나누다 보니 곧 인터뷰 녹화 시간이 다가왔고 여진주는 아쉬움을 뒤로한 채 '조금 있다 봐요.' 하는 말을 남긴 뒤 자신의 대기실로 향했다.

그녀가 나간 뒤 홀로 남아 대기실의 문을 바라보던 강찬은 머릿속이 복잡해지는 것을 느꼈다.

'배혜정 배우님이 하실 말씀이 도대체 뭘까?'

카메라에 붉은빛이 들어오고 PD의 큐 사인이 떨어진 순간, 여진주가 네, 하는 편집점을 잡았고 그와 동시에 인터뷰가 시작되었다.

"시청자 여러분은 영화를 고르실 때 어떤 것부터 보시나요? 저는 보통 제가 좋아하는 배우 그리고 스토리나 장르를 보고 영화를 고르는데요. 대다수의 시청자분도 저와 비슷할 거라 생각이 드네요. 하지만 요즘 그 기준을 바꾸어놓는 분이 계십니다."

한 템포 호흡을 끊고 몸을 돌려 앉으며 2번 카메라로 시선을 돌린 여진주가 말을 이었다.

"믿고 보는 감독, 장르의 마술사, 천재 감독. 이제는 선댄스 키드를 넘어 할리우드의 블루칩이라 불리는 영화감독이 있습니다. 걸어온 행보보다 걸어갈 행보가 기대되는 신예 감독. 강찬 씨 나와 계십니다. 안녕하세요."

"반갑습니다. 영화감독 강찬입니다."

몇 년의 연예계 생활 덕일까 여진주 아나운서에 버금갈 정도로 똑 부러지는 발음을 보여주며 인터뷰가 본격적으로 시작되었다.

"일단은 축하부터 드릴게요. 축하드려요! 백상예술대상, 그리고 홍콩국제영화제, 거기에 아시안 필름 어워드까지. 작년에 개봉한 영화 '지킬 앤 하이드.'가 두 개의 경쟁영화제, 그리고 하나의 비경쟁 영화제에 초청받았는데요. 기분이 어떠신가요?"

"인정을 받은 기분입니다."

"무엇으로부터요?"

"글쎄요. 굳이 하나를 집자면 대중들이라 할까요. 저의 영화를 보는 모든 관객분이라는 말이 더 어울리겠군요. 영화감독은 영화를 만들어야 감독이잖습니까? 하지만 영화를 만들어봤자 관람해 주시는 관객분들이 없으면 영화감독은 감독으로 존재할 수가 없죠. 그런 의미에서 드디어 영화감독으로 인정을 받은 기분이 듭니다."

"어떤 기분인지 이해할 수 있을 것 같아요. 저도 아이돌이라는 직업을 가지고 있잖아요? 저희 그룹의 춤 그리고 음악을 좋아해 주시고 응원해 주시는 팬분들이 안 계시다면 존재할 수조차 없으니까요."

"비슷한 맥락이죠."

"처음으로 음악방송 1위 때가 떠오르네요. 의미가 남다르시겠어요."

인터뷰는 여진주와 편하게 대화를 나누듯 진행되었고 30분으로 예정되어 있던 것이 생각보다 길어져 거의 1시간에 가깝게 이어졌다.

"시간 가는 줄 모르고 인터뷰를 진행했네요. 그럼 강찬 감독님의 수상을 기원하며 인터뷰를 마치도록 할게요. 마지막으로 하실 말씀 있으신가요?"

"음, 항상 사랑해 주시는, 그리고 저의 영화를 재미있게 봐주시는 모든 분께 감사드리며 앞으로도 많은 사랑 부탁드리겠습니다."

인터뷰가 끝나고 나온 강찬은 주차장에서 여진주를 기다리고 있었다.

'후.'

그간 제작해 온 영화가 개봉할 때는 어느 정도의 확신이 있었다. 다른 바이어들을 만날 때도 마찬가지.

지금껏 해온 것이 있고 그것이 바탕이 되어 확고한 자신감이 되어주기에 다른 이들 앞에서도 긴장하지 않고 자신감을 유지할 수 있었다.

하지만 이번에는 경우가 달랐다.

'담배 생각나네.'

돌아온 후, 건강을 챙기기 위해 끊은 담배였지만 이럴 때는 간절히 생각나곤 했다.

'긴장할 필요 없다.'

결혼을 승낙받으러 가는 것도 아닌데 뭐 이렇게 긴장이 되는지. 아니, 차라리 결혼을 승낙받는 자리라면 이렇게 떨리진 않을 것이다.

사회적으로 이루어 놓은 것이 있는 데다 인성이나 신체적으로 하자가 있는 것도 아니니 차라리 자신감 있게 말할 수 있을 텐데.

'……내가 지금 무슨 생각을 하는 거야.'

강찬이 자신을 다잡기 위해 핸드폰으로 한국의 인터넷에 들어가 자신의 이름을 검색해 보았다.

[강찬 감독, 백상예술대상을 위해 한국에 입국하다. 그의 공항 패션은?]

[VOV 여진주, 그리고 강찬. 두 사람 사이에 흐르는 공기의 정체는?]

몇 개의 기사를 살피는 사이 두꺼운 롱패딩으로 얼굴까지 감싼 여진주가 주차장으로 내려왔고 곧 손을 휘휘 저으며 다가왔다.

"오래 기다렸어요?"

"아니. 나도 이제 내려왔어. 그럼 갈까."

"네."

차에 올라 여진주와 아까 다하지 못한 대화를 나누자 복잡한 심경이 조금씩 안정이 되기 시작했다.

물론 그녀의 집에 도착하기 전까지만.

집에 도착하자 생선 가시가 목에 걸린 것 같은 답답함이 다시 도지기 시작했다.

'후.'

그녀의 집을 한 번 올려본 강찬은 문득, 그녀의 아버지는 한 번도 뵙지 못했다는 사실을 깨달았다.

'아직 사귀는 것도 아닌, 냉정히 말하자면 아무것도 아닌 사이에 무슨 생각을 하는 건지.'

"오빠, 뭐 해요?"

"아무것도 아냐."

"추워요. 얼른 들어가요."

강찬이 멍하니 서 있자 여진주가 그의 손을 잡아끌었고 강찬은 그녀의 집으로 걸음을 옮겼다.

"어서 와요."

"오랜만에 뵙습니다."

집에 들어서자 하우스 가운 차림의 배혜정이 두 사람을 맞이했다. 몇 년이 지났음에도 30대 후반으로 보일 정도로 젊은 모습은 여전했다.

"와줘서 고마워요."

"아닙니다. 진즉에 찾아뵀었어야 했는데."

"그럴 필요는 없어요. 투자자와 투자를 받은 사람일 뿐인데요. 그래도 그렇게 생각해 준다니 고맙네요."

그녀를 따라 안으로 들어가자 넓은 거실이 보였다. 강찬은 무의식적으로 여진주의 아버지가 계신가를 살폈고 그 모습을 본 배혜정은 살포시 미소를 지었다.

"있으면 인사라도 하려고요?"

"아, 아뇨."

"안 하게요?"

"아니…… 당연히 인사드려야죠."

당황하는 모습을 처음 본 탓일까, 배혜정은 장난스레 농담을 던졌고 강찬은 식은땀을 흘렸다.

"일단 앉아요."

"네."

"저는 옷 좀 갈아입고 올게요."

"그래라."

미리 말을 맞추기라도 한 듯, 여진주는 자신의 방으로 들어갔고 거실에는 강찬과 배혜정만 남게 되었다.

어색한 침묵, 아니, 강찬만 그렇게 느끼는 분위기 속에서 먼저 입을 연 쪽은 배혜정이었다.

"내가 왜 불렀는지 궁금해 죽겠다는 표정인데, 걱정하지 말아요. 강 감독이 생각하는 그런 거 아니니까. 그런 쪽은 진주가 알아서 하겠지. 때 되면 알아서 데려올 거고."

주어가 모조리 빠진 말이었지만 강찬의 머릿속에서는 자연스럽게 해석되었고 그는 고개를 숙일 수밖에 없었다.

"왜 이렇게 부끄러워해? 설마 사고치고 그런 건 아니죠?"

"그건 아닙니다."

"그거만 아니면 됐고."

생각보다 쿨하다고 해야 할지, 아니면 강찬을 놀리는 것에 재미가 들린 건지.

이대로 가다가는 놀림만 당하다 끝날 것 같다는 생각에 강찬은 짧게 심호흡을 한 뒤 배혜정과 눈을 맞추었다.

"부르신 이유가 무엇입니까?"

"조금만 더 당황했으면 좋았으련만. 아쉽네요. 그럼 장난은 여기까지 하고."

배혜정의 몇 마디 말로 가벼웠던 분위기가 차분히 가라앉았다. 배혜정은 강찬을 바라보며 몇 초의 시간을 더 끈 뒤 천천히 말했다.

"L 기업의 김민기 팀장과 손을 잡았다면서요."

백중혁과 IPTV 산업을 진행하고 있는 그, 김민기의 이름이 배혜정의 입에서 나올 것이라곤 생각지도 못한 강찬의 눈이 동그래졌다.

하지만 당황보단 궁금증이 앞선 강찬은 곧바로 답했다.

"예. 그렇습니다."

"그가 어떤 사람인 줄 알고 있나요?"

"예리한 검 같은 사람이라고 생각하고 있습니다."

"좋은 표현이네요. 잘 쓰면 아주 큰 도움이 되겠지만 잘못 다루면 큰 상처를 입을 수도 있는 예리한 검."

말을 하는 투를 보니 김민기에 관해 무언가를 알고 있는 모양. 강찬의 머리가 빠르게 돌기 시작했다.

'김민기는 이제야 떠오르는 별이고 배혜정은 지는 태양이다.'

접점이 있다고 보기는 힘든 상황. 강찬은 배혜정과 김민기. 두 사람에 대한 기억을 최대한 긁어모아 보았으나 떠오르는 게 없었다.

'그렇다고 소문이 도는 것을 가만히 둘 사람도 아닌데.'

자기관리는 물론, 높은 자리에 올라가기 위해 수단과 방법을 가리지 않는 김민기다.

그런 이가 자신에게 해가 되는 소문이 돌게 내버려 둘 리 없다.

강찬의 생각이 이어질 때, 배혜정이 말했다.

"조심해야 할 사람이란 걸 알고 있으니 다행이네요."

"제가 알아야 할 게 있습니까?"

"아뇨. 따로 알아야 할 건 없어요. 그럴 만한 일이 있었던 것도 아니고."

마치 피자를 눈앞에 두고 피클만 먹이는 것 같은 기분이 들었지만, 별수 없었다. 어서 숨기고 있는 것을 말하라고 닦달할 순 없는 노릇이니.

"말씀 감사합니다."

"감사까지야, 그냥 뒷방 늙은이의 걱정이라 생각해요. 너무 마음에 담아두지 말고."

"예."

힌트를 주는 걸까, 아니면 그녀의 말대로 그저 뒷방 늙은이의 기우일까. 무엇이 되었든 찝찝함을 남기고 싶진 않았다.

"저 잠시 화장실 좀 다녀와도 되겠습니까?"

"그럼요."

양해를 구한 강찬은 자리에서 일어서 화장실로 향하며 백중혁에게 문자를 보냈다.

-김민기, 배혜정. 두 사람 사이에 접점이 있는지 알아봐 주시면 감사하겠습니다.

문자를 보낸 강찬이 화장실에서 돌아왔을 때, 어느새 나온 여진주가 쇼파에 앉아 있다가 그를 보고선 환한 얼굴로 일어섰다.

"그럼 갈까요?"

"음."

'가자니?'

살짝 당황한 강찬의 시선이 배혜정에게로 향했고 강찬의 눈길을 받은 그녀는 고개를 끄덕이며 말했다.

"강 감독, 그럼 백상예술대상에서 봐요. 식사 맛있게 하고,

진주 너무 늦게 들여보내진 말고.”

더 이상 할 말이 없다는 명백한 제스처. 강찬은 알았다는 듯 고개를 끄덕인 뒤 말했다.

“알겠습니다. 그럼 이만 가보겠습니다.”

“멀리 안 나가요.”

배혜정의 집에서 나온 강찬은 별다른 말 없이 차에 올랐고 여진주가 그의 옆자리에 앉으며 말했다.

“오빠?”

“응.”

“무슨 생각을 그렇게 해요?”

“별거 아니야. 그냥 생각할 게 조금 있어서.”

“조금?”

“응.”

여진주는 의심스럽다는 듯 눈을 흘기며 물었다.

“진짜?”

“응. 우리 뭐 먹을까?”

“흠…….”

대답 대신 말꼬리를 끌던 여진주는 사고를 치기 직전의 강아지 같은 눈으로 물어왔다.

“우리 엄마랑 무슨 이야기 했는지 물어봐도 돼요?”

“그럼.”

"무슨 이야기 했는데요?"

그녀의 물음에 강찬은 장난스러운 미소를 지으며 말했다.

"네가 배혜정 배우님께 한 이야기. 정확히는 나에 대한. 나는 진주 네가 내 얘기를 그렇게 많이 했을 줄은 몰랐다."

여진주의 얼굴이 차 유리로 들어오는 주황색 가로등 불빛 아래서도 보일 정도로 붉어졌다. 어버버거리던 그녀는 곧 간신히 정신 줄을 붙잡고선 물어왔다.

"어…… 아니. 엄마가 그런 얘기를 했어요? 진짜? 어디까지 들었어요?"

장난으로 던진 말인데 어디까지 들었냐니. 호기심이 인 강찬이 씩 웃으며 답했다.

"다."

"……다요?"

"응."

"아니…… 그러니까 다에도 범위라는 게 있잖아요? 그 무슨 이야기를 어디서부터 어디까지 들었는지 예를 든다거나."

슬슬 목소리와 눈동자가 흔들리는 게 더 놀렸다간 울지도 모른다는 생각이 들었기에 강찬은 사실대로 말했다.

"사실 못 들었어."

"네?"

"뻥이라고. 어머니가 그런 얘기하실 분은 아니시잖아. 근데

진주 네가 그런 반응을 보이니까 갑자기 궁금해지네. 어머니께 나에 대해 뭐라고 말했기에 그렇게 부끄러워해?"

그제야 속았다는 것을 깨달은 여진주는 아, 하는 탄식과 함께 얼굴을 감싸며 몸을 숙였다. 그 모습이 어찌나 귀여운지. 강찬은 그녀의 머리에 손을 얹었다가 자신도 모르게 그녀의 이름을 불렀다.

"진주야."

대답은 없었지만, 강찬은 이어서 말했다.

"나랑 미국 갈래?"

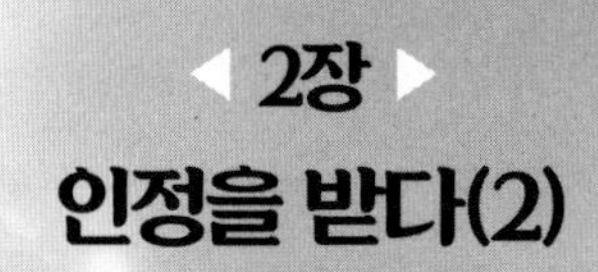

2장

인정을 받다(2)

"45회 백상예술대상 오프닝을 맡게 된 신인 감독 강찬입니다. 반갑습니다."

강찬이 마이크에 대고 인사를 건네자 PD가 오케이 사인을 보내며 말했다.

"오케이, 시트 뒷부분은 생략하고 동선 체크 하겠습니다."

"네."

강찬이 대답하자 FD가 신호를 보냈고 조명이 움직이며 강찬의 동선을 그대로 비추었다.

그가 무대의 중심으로 움직이자 스포트라이트들이 그를 따라 움직였다.

몇 번 자리를 바꾸며 오프닝 리허설을 하기 10여 분, 메인

PD의 사인과 함께 리허설이 끝났다.

"오케이, 무대에 서본 경험이 많으셔서 그런가? 잘하시네요."

"감사합니다."

"감사는요, 한 번에 끝내주셔서 제가 더 감사드리죠. 보통 감독분들이 카메라로 찍는 것만 잘 하시지 앵글 안에 들어와서 뭘 하는 건 익숙하질 않아 하셔서……."

"PD님, 다음 시트요."

"아, 그래."

메인 PD의 말이 길어지려 할 때, FD 하나가 다가와 진행을 알렸다. 그는 아쉽다는 듯 강찬의 손을 잡으며 말했다.

"그럼 본 행사 때도 잘 부탁드리겠습니다."

리허설을 마친 후 대기실로 돌아온 강찬은 자리에 앉았다. 그리곤 습관적으로 핸드폰을 꺼내 들었다가 자신도 모르게 한숨을 내쉬었다.

'내가 왜 그랬지.'

이틀 전 밤, 여진주와 나눈 대화가 시도 때도 없이 그의 머릿속을 괴롭히고 있었다.

-나랑 미국 갈래?

-……네?

당황한 여진주의 얼굴을 본 강찬은 수습을 위해 영화의 여주인공으로 캐스팅하고 싶다는 말을 덧붙였다.

그녀는 아아, 하는 소리와 함께 이해했다는 얼굴로 고개를 끄덕였지만 당황한 기색까지 감추진 못했다.

-생각 좀 해볼게요. 소속사랑 이야기도 해봐야 하고…….

-그럼, 그래야지. 뭐 먹고 싶다고 했더라?

식사 후 커피라도 한잔하면서 이야기해도 충분한데 왜 그렇게 서둘렀는지. 강찬은 이해 못 할 자신의 행동을 상기하다가 이내 고개를 휘휘 저어버렸다.

이미 지난 일을 가지고 고민해 봤자 달라질 것은 없다. 차라리 여진주와 함께 할 영화를 어떻게 만들지 고민하는 게 낫지.

그가 고개를 숙이고 있는 사이, 대기실 한편에 비치된 TV에서는 리허설 현장이 중계되고 있었다.

-나, 오늘은 말할래요. 그대가 나의 모든 것이라는 걸~

익숙한 멜로디에 고개를 들어보자 여진주가 소속된 그룹, VOV가 축하 무대 리허설을 하고 있었다.

5명의 멤버 중에서도 한눈에 들어오는 여진주의 춤사위를 감상하자 3분이라는 시간이 훌쩍 지나갔다.

핸드폰을 만지작거리던 강찬은 여진주에게 '무대 잘 봤어. 오늘 파이팅.'라고 문자를 남겼다.

그리고 그때, 문이 열리며 안민영이 들어왔다.

"리허설 잘 하던데? 수고했어."

"수고는요, 이제 시작인데."

한껏 꾸민 강찬과 다르게 안민영은 평소와 같은 투피스를 입고 코르사주로 포인트를 준 차림을 하고 있었다.

"이런 날이라도 드레스를 입어야 하는 거 아녜요?"

"말에 뼈가 있다?"

"하하…… 그런 의도는 아니었는데."

"의도가 아니긴, 내가 누구 때문에 연애할 시간도 없이 뛰어다니고 있는데?"

괜한 소리를 했다가 안민영의 눈초리를 받은 강찬은 머쓱한 웃음을 흘리며 화제를 돌렸다.

"레드카펫 쪽 보셨어요? 난리도 아니던데."

강찬의 영화 '지킬 앤 하이드'에 출연한 휴고 위빙과 멜라니 로랑.

두 사람이 각각 남/여우주연상에 노미네이트되면서 한국을 찾게 된 것이다.

그들이 한국을 찾아줄 것이라 기대도 하지 않았던 강찬은 두 사람에게 고마움을 표했고 두 사람은 입을 맞추기라도 한 듯 '당연히 와야죠.'라고 말했다.

그 결과.

"응. 두 사람 팬이랑 취재차 온 기자들, 그리고 해외 미디어

들까지 합쳐져서 도로가 마비될 지경이라고 하더라. 저 두 사람이 한국에 온 게 다 강 감독 덕이라고 두 사람 팬 카페에서 조공까지 줬어."

"……조공이요?"

"스태프들 간식이랑 담요, 뭐 이런 것들. 강 감독 이름으로 쫙 돌렸다더라고."

아이돌, 그중에서도 탑 급이나 받는다는 조공을, 두 명의 배우를 한국에 데려왔다는 이유로 받게 된 강찬은 아이러니하다는 표정을 지었다.

"신기하네요."

"뭐, 누이도 좋고 매부도 좋으니 된 거 아니겠어?"

"다음 영화 개봉 때는 내한도 좀 길게 해야겠는데요."

"그럼 좋지. 우리나라 여자 중에 디카프리오 팬 아닌 사람이 있겠어? 특히 2040세대들. 말 다 했지."

그로 인한 홍보 효과는 굳이 말로 하지 않더라도 엄청날 터. 강찬의 입가에 미소가 번졌다. 그런 강찬의 얼굴을 본 안민영이 말을 이었다.

"다음 영화 두 편도 천만 찍는 건 일도 아닐 기세야."

"그러면 좋겠네요."

희대의 명작이라는 소리를 듣던 트랜스포머가 2편 이후부터 몰락의 길을 걸으면서도 계속 개봉하는 이유는 간단하다.

바로 돈.

그렇다면 돈이 되는 이유는 무엇이냐, 바로 1편에서 보여준 기대감 때문이었다. 영화의 스토리가 어떻든 간에 변신 로봇이 등장해 모든 것을 때려 부수는 블록버스터의 정석을 보여줄 것이라는 걸 알고 있기 때문이다.

다크 유니버스의 시작, '지킬 앤 하이드.'가 트랜스포머 1편처럼 선풍적인 인기를 끌긴 했지만 굿즈나 팬덤 면에서 차이가 나는 것은 사실이다.

애초에 코믹스로 시작해 든든한 팬덤을 지니고 있는 영화이기에 출발점이 다르니 어쩔 수 없는 부분이다.

하지만 다크 유니버스는 이제 시작했으며 트랜스포머 시리즈에 버금갈 정도로 인기를 구가하고 있다.

즉, 강찬이 제작하는 영화들에 따라 굿즈나 팬덤 면에서도 따라잡을 가능성을 충분히 내포하고 있었다.

"또 무슨 생각을 하는데 그렇게 웃어?"

"제가 어떻게 웃었는데요?"

"이상성욕을 충족시킬 생각을 하는 변태?"

"……세상에."

거울을 바라본 강찬은 안민영의 말이 전부 틀린 것은 아님을 깨닫고선 흠흠, 하는 헛기침과 함께 괜히 옷매무시를 고쳤다.

"다른 데서 그렇게 웃지 마. 특히 진주 양 앞에서는. 아, 그러고 보니까 진주 양이랑은 어떻게 됐어?"

이미 몇 번이나 여진주에 대해 상담을 한 상황, 더 이상 거리낄 것도 없는 사이였기에 강찬은 그녀에게 조언을 구했고 안민영은 자기 일처럼 성심성의껏 연애코치를 해주었다.

그렇게 얼마나 지났을까.

"10분 전입니다, 스탠바이 부탁드립니다."

스태프 한 명이 들어와 스탠바이를 알렸다.

"휴고랑 멜라니 있는 자리에 있을게. 오프닝 끝나면 내려와. 잘하고."

"넵."

"화이팅."

가벼운 손길로 강찬의 어깨를 두드려준 안민영이 대기실을 나섰고 강찬은 큐시트를 확인하며 오프닝 무대를 준비했다

"카운트 5, 4……."

3부터는 묵음으로 세었고 카운트가 0이 된 순간, PD의 손이 움직였고 그와 동시에 행사장의 불이 꺼졌다.

번쩍!

거대한 스크린의 불이 들어왔고 웅장한 음악이 홀 전체에 울려 퍼졌다.

스크린에는 미디어 매체들의 상징이나 다름없는 TV와 카메라들이 나타났고 그와 동시에 사람의 실루엣들이 촬영하는 듯한 모양새를 취했다.

그것들은 점점 더 작아지더니 하나의 모양을 이루었고 곧 '45회 백상예술대상'이라는 문구를 만들어냈다.

문구가 완성된 순간, 화려하게 홀을 비추던 조명은 무대로 집중되었고 그곳에는 강찬이 서 있었다.

화려한 턱시도를 입은 강찬은 한 손에는 마이크를 다른 한 손에는 큐시트를 쥔 채 음악이 멎을 때까지 기다렸다.

그리고 음악이 멎은 순간.

"45회 백상예술대상 오프닝을 맡게 된 신인 감독 강찬입니다. 반갑습니다."

모든 조명이 강찬에게 집중되었고 그의 나지막한 목소리가 마이크를 통해 홀을 가득 채웠다.

"백상예술대상은 한 해 동안 사랑받은 TV 프로그램과 영화를 한 자리에서 만나볼 수 있는 대한민국의 유일한 대중문화 시상식입니다. 이런 영광스러운 자리의 시작을 알리는 자리를 만들어주신 분들께 다시 한번 감사드리겠습니다."

강찬은 단상에서 살짝 비켜 인사를 한 뒤 다시 마이크를 잡았다.

"2008년은 대중문화 시장의 격동기였습니다. 스릴러와 코미디, 애니메이션과 뮤지컬 장르까지. 수많은 대중문화가 대중들에게 소개되었고 또 많은 사랑을 받았습니다. 제 영화 또한 그랬죠. 그래서 이런 중요한 자리를 저에게 맡겨주신 게 아닌가 싶습니다."

강찬은 다음 지문을 읽기 전 흠흠, 하고 목청을 가다듬은 뒤 말했다.

"제 입으로 말씀드리려니 조금 그렇지만, 큐시트에 이렇게 적혀 있어 어쩔 수 없네요."

강찬이 멋쩍게 웃자 관객석에서 환호와 웃음이 터져 나왔다. 환호가 잦아들자 강찬이 마이크를 쥐며 말을 이었다.

"한국 영화감독들의 할리우드 진출은 꽤 많았습니다. 하지만 영화시장의 특성상 괄목할 만한 성과를 낸 작품은 드물었죠. 하지만 재작년 개봉한 'TWO BASTARDS'가 그 포문을 열었고 작년에 개봉한 '지킬 앤 하이드'는 확실히 가시적인 성과를 내었습니다. 두 작품으로 한국 영화시장에도 본격적으로 할리우드의 자본이 들어오기 시작했으며 열린 영화시장으로서의 가능성 또한 주목받기 시작했습니다."

공교롭게도 두 작품 모두 강찬의 작품, 강찬은 제 얼굴에 금칠하는 기분에 쑥스러움이 들긴 했지만, 기색을 내지 않으며 말을 이었다.

“이로 인해 영화뿐만 아니라 대한민국의 대중문화 전체가 할리우드로 진출, 나아가 할리우드만큼의 거대한 시장으로 성장할 수 있는 초석이 마련되었다고 생각합니다. 그리고 백상예술대상이 대한민국뿐만 아니라 전 세계를 아우를 수 있는 시상식이 될 것이라 믿어 의심치 않습니다.”

그가 마이크에서 입을 때자 박수갈채가 쏟아졌다.

“그럼 제45회 백상예술대상 시상식을 시작하겠습니다.”

인사와 함께 마이크를 든 강찬이 무대에서 내려오자 기다렸다는 듯 나레이션이 시작되었다.

-그럼 제45회 백상예술대상을 이끌어 줄 두 MC를 소개하겠습니다.

MC를 소개하는 소리를 뒤로한 강찬이 백스테이지를 통해 무대에서 내려와 좌석으로 향했다. 그러자 기다리고 있던 ‘지킬 앤 하이드’의 멤버들이 손을 흔들어주었다.

“오랜만은 아니죠?”

“그러게요. 와주셔서 감사합니다. 마중을 나갔어야 했는데 리허설 때문에.”

“괜찮아요.”

“오는 길은 어땠어요?”

"한국 팬들 덕분에 즐거웠어요. 이런 것도 받았는걸요."

휴고는 좌석 아래 내려두었던 쇼핑백을 테이블로 올렸고 사람 얼굴보다 조금 큰 상자 하나를 꺼내 들었다.

"피규어인가요?"

"네. 똑같죠?"

상자에서 나온 것은 '브이 포 벤데타'의 주인공 V였다. 조금 다른 게 있다면 절대 가면을 벗지 않는 V가 가면을 벗고 있었으며 V의 얼굴에는 휴고와 똑 닮은 얼굴이 조각되어 있었다.

"좋겠네요."

"굉장히요. 저번에 왔을 때 주려고 했는데 시간이 없어서 못 줬다고 하더군요."

휴고는 피규어가 사랑스럽다는 듯 바라보았고 강찬은 그 모습을 사진으로 찍었다.

"사진은 왜요?"

"휴고가 그렇게 좋아하는 걸 보면 선물 준 팬도 뿌듯해 할 것 같아서요."

휴고는 일리 있다며 고개를 끄덕이더니 사진 몇 장을 더 요구했고 강찬은 기꺼이 그의 사진을 찍어주었다.

두 사람이 노는 것을 구경하던 안민영은 옆에서 흐뭇한 미소를 짓고 있던 멜라니에게 물었다.

"저런 거 받아도 되는 건가요?"

"안될 건 없죠."

대답하는 멜라니의 시선이 발아래로 가 있는 것을 본 안민영의 시선 또한 그쪽으로 향했고 멜라니 또한 한가득 선물을 받았음을 알 수 있었다.

"……대단하다고 해야 할지."

저런 걸 준비해 준 팬의 정성도, 가지고 들어온 두 배우의 마음도 모두 이해는 되었다. 그렇게 네 사람이 대화를 나누는 사이.

"제45회 백상예술대상의 첫 시상은 TV 부문, 신인 연기상입니다. 신인 연기상은 남/녀로 나뉘며……."

두 MC의 대화와 함께 본격적인 시상식이 시작되었다.

"이번 신인 연기상은 어느 때보다 다양한 나잇대로 노미네이트부터 화제가 되었었는데요. 그럼 수상 후보부터 보시죠."

〈너는 내 운명〉 윤아.

……

〈달달 무슨 달〉 이여름.

총 여섯 명 중 마지막으로 호명된 이름을 본 강찬은 자신의 눈을 의심했다.

"여름이?"

"어? 그러게."

안민영 또한 몰랐다는 듯 눈을 동그랗게 뜬 채 스크린을 바라보고 있었다.

강찬과 멀리 떨어진 테이블, 멍하니 앉아 있던 이여름은 자신의 얼굴이 스크린에 떠오르자 자세를 고쳐 앉으며 카메라를 응시했다.

처음 와본 시상식, 처음 겪어보는 노미네이트에 그녀의 심장은 거세게 뛰고 있었지만, 머릿속에는 다른 생각이 가득했다.

'강 감독님이 보고 계시려나.'

어린 나이의 그녀였지만 알 건 안다. 자신이 ATM에 소속된 배우긴 하지만 ATM의 주업은 영화 제작과 프로듀싱이다.

한국에서 활동하는 자신까지는 신경 쓸 여력이 없다는 것까지도. 그런 상황에 매니저를 붙여주고 캐스팅될 수 있게 힘을 써주는 것만으로도, 아니 애초에 자신을 발굴해 준 것만으로도 감사했다.

'보여드리고 싶은데.'

그렇기에 증명하고 싶었다. 내가 이렇게나 성장해 상을 받았다고. 앞으로도 함께 영화를 찍을 만큼 연기를 잘한다고.

입술을 살짝 깨물었던 이여름은 카메라가 자신을 비추고 있는 것을 인지하고선 다시 미소를 지었다.

이여름이 후보에 오르자 휴고와 멜라니 또한 놀란 듯 화면에 떠오른 이여름의 얼굴을 바라보았다.

"모르셨어요?"

"전혀. 휴고랑 멜라니, 강 감독 스케줄까지 신경 쓰느라 다른 부문 후보에는 관심도 없었거든."

"그래도 우리 회사 배우잖아요."

"말만 ATM이지 사실 독립부서나 다름없잖아. 아니지…… 내가 실수한 게 맞아."

사실 ATM의 헤드 프로듀서이자 임원 중 한 명인 안민영은 몰라도 상관없는 일이다. 정이라는 게 그렇지 않아서 문제지.

그녀는 이여름이 보고 있지도 않은데도 얼굴 한가득 미안하다는 표정을 하고선 미간을 찌푸렸다.

"안 PD님 실수는 아니죠. 저도 신경을 썼어야 했는데."

"아니, 후. 그래, 누구 잘못이겠어."

고개를 휘휘 저은 안민영은 이여름에게서 눈을 떼지 못한 채 말했다.

"세상에, 여름이 속상했겠는데."

"그러게요."

이여름을 발굴하고 이 자리까지 키워놓은 이가 강찬이자 ATM이었다. 한데 소속 배우의 노미네이트 소식을 몰랐다니.

마냥 안민영의 탓이라고도 할 수 없다. 강찬 또한 관심이 없는 것은 마찬가지였으니까.

“인사라도 하러 오지…….”

“부담스러워서 그러지 않았을까요.”

“그러려나? 하긴 여름이면 그럴 수도 있겠다. 조금 있다 한번 가봐야겠네.”

“네. 같이 가요.”

이여름은 강찬이 이번 시상식에 온다는 사실을 진즉에 알고 있었을 것이다.

강찬의 이름이 네 부문이나 올라있는데 몰랐을 리가. 그럼에도 찾아오거나 연락을 하지 않은 것은 부담감 때문일 터.

함께 세 편째 영화를 찍고 있는데 뭐가 그렇게 부담스럽다고, 하는 생각과 동시에 아직 때 묻지 않은 순수한 아이라는 생각이 교차했다.

‘괜히 미안하네.’

이여름이 조금만 더 사회생활을 했더라면 어떻게든 강찬과의 자리를 만들었을 것이다.

그편이 자신에게 얼마나 이득이 되는지는 계산기를 두드리지 않아도 알 수 있을 테니.

"여름이가 받았으면 좋겠네요."

"나도."

미안한 마음에 속으로 응원하길 잠시, 결과가 발표되었다.

"제 45회 TV 부문 신인 연기상, 수상자는…… <너는 내 운명>의 윤아 씨입니다."

스크린에 떠 있던 여섯 명의 배우 중 윤아의 얼굴이 클로즈업되며 그녀의 놀란 얼굴이 화면을 가득 채웠다.

박수갈채 속, 수상하게 된 윤아가 무대로 올라가 시상을 하는 사이 강찬은 이여름의 얼굴을 살폈다.

거리가 좀 있었기에 잘 보이진 않았지만, 실망한 표정이 그대로 드러난 표정은 적나라하게 보였다.

"아이고……."

강찬과 함께 이여름의 표정을 살피던 안민영은 '이럴 때 위로라도 해줘야 하는데.' 하며 미간을 짚었다.

2부로 넘어가는 사이 잠시 쉬는 시간이 생겼다. 이때만 기다리던 강찬은 자리에서 일어서며 말했다.

"제가 가서 데려올게요."

강찬이 일어나서 이여름에게 걸어가려 할 때.

"안녕하십니까. 강찬 감독님."

"아, 예."

"영화배우 한태랑이라고 합니다. 정말 팬입니다."

팬을 자처하는 배우가 악수를 건네 왔고 강찬은 별수 없이 그의 손을 쥐며 인사를 받을 수밖에 없었다.

그의 인사를 받자 주변에서 강찬을 살피던 이들이 하나둘씩 인사를 해왔고 강찬은 이여름을 놓치고 말았다.

인사를 나누면서도 강찬의 눈은 주변을 살폈고 이내 테라스 쪽으로 향하는 이여름을 발견했다.

"저 죄송한데 화장실이 급해서요. 죄송합니다."

이야기 좀 나누자는 배우와 감독, PD들의 손을 겨우 벗어난 강찬은 이여름의 뒤를 따라갔고 곧 테라스에 홀로 서 있는 이여름을 발견했다.

"여름아."

"감독님?"

테라스에 서 있던 그녀는 화들짝 놀란 얼굴로 강찬을 바라보았다.

"날도 추운데 뭐 하고 있어?"

"안에 공기가 좀 답답해서요. 잘 지내셨어요?"

"나야 잘 지냈지. 여름이도 잘 지냈지?"

"그럼요. 감독님이 뽑아주신 매니저 오빠 덕에 엄청 편하게 지내고 있어요."

"다행이네."

이여름이 미소를 짓자 미안한 감정에 굳어 있던 강찬의 얼굴 또한 풀어졌다.

"볼 때마다 쑥쑥 자라네, 이러다 길에서 만나면 못 알아보겠어."

"제가 알아보면 되죠."

"그래 줄 거야?"

"당연하죠."

잠깐의 대화로 어색한 분위기가 풀어지자 강찬은 테라스에 기대며 말을 건넸다.

"내가 좀 더 신경 썼어야 했는데 미안하네."

"네? 왜요?"

"그야…… 우리 회사 소속 배우잖아."

"그렇죠."

이여름은 정말 모르겠다는 듯 눈을 동그랗게 뜬 채 대답했다. 그러자 강찬의 머릿속이 복잡해졌다.

'내가 먼저 인사 안 해서 미안하다는 것도 이상하고……'

강찬이 버벅거리자 이여름이 이어서 말했다.

"감독님이 신경 써주신 덕에 한국에서도 배우 활동 잘하고 있고 이런 좋은 자리에 초대까지 받았는데 왜 미안하다고 하시는지 잘 모르겠어요."

"그렇게 생각해 주면 고맙고."

생각했던 것과는 다른 의미로 어른스러운 모습. 강찬은 굳이 말을 덧붙이는 것보다 화제를 돌리는 것을 택했다.

"시상식 처음 와본 기분이 어때?"

"예쁘고 잘생긴 데다 연기까지 잘하는 분이 너무 많아요. 그래서 더 열심히 해야겠다는 생각이 들어요."

기분이 좋다거나 이런 대답을 기대했던 강찬은 머쓱하게 코끝을 문질렀다.

"그렇게 열심히 해서 대한민국 탑 여배우라도 되려고?"

"아뇨."

"그럼?"

"강 감독님 영화에 출연할 거예요."

"응?"

"강 감독님이 원하는 배우가 좀 더 맞는 말인 거 같아요. '사단'이라고 하나요? 어느 감독, 하면 생각나는 배우가 있잖아요. 강 감독님 하면 제 이름이 떠오르는 그런 배우가 되고 싶어요."

생각지도 못한 대답.

흥미롭다는 눈을 한 강찬이 이여름에게 물었다.

"왜?"

"음…… 강 감독님께 보답하고 싶어서요. 보답이라고 하기는 좀 그런데……. 은혜를 갚는다 해야 하나. 그런데 은혜든 보답이든 하려면 제가 감독님에게 무언가라도 줄 만한 게 있어야 하잖아요?"

강찬은 오랜만에 입을 벌리며 놀랐다.

그저 조금 더 생각이 깊은 아이라 생각하고 있던 이여름이 이 정도까지 확고하고 성숙한 생각을 하고 있었을 줄이야.

"그런데 감독님은 되게 높은 곳에 계시니까…… 저 같은 배우는 수도 없이 많이 보셨을 것 같고. 그러니까 강 감독님이 원하는 걸 언제든 보여드릴 수 있는 배우가 되는 게 목표에요."

만약 나이가 조금이라도 있는 배우가 이런 말을 했다면 영악하다고 생각했을 것이다. 지금의 강찬은 말 그대로 '잘 나가는 감독', 그것도 할리우드에서 잘 나가는 감독이고 그런 이에게 편승해 기류를 탄다면 자신 또한 잘 나가는 배우가 될 수 있을 테니까.

하지만 이여름은 아니다. 그저 자신을 발굴해 주고 키워준 것에 보답하는 방법으로 이 길을 선택한 것.

'……아닌가?'

이여름이 강찬의 머리 위에 있을 정도로 영악할 수도 있다는 생각이 순간 들었다가 사라졌고 강찬은 쓴웃음을 흘렸다.

'그 정도면 당해야지.'

14살, 중학교 1학년이 그 정도로 영악하면 당해야지 어떻게 하겠는가. 강찬은 문득 자신은 14살 때 무엇을 했었나 생각하다 고개를 휘휘 젓고선 이여름을 바라보았다.

"이거 감동인데. 여름이가 그렇게까지 생각해 줄 거라곤 생각도 못 했네.”

이여름은 부끄럽다는 듯 고개를 숙였고 강찬은 그녀의 머리를 쓰다듬어 주었다.

“여름이는?”

“자기 테이블에요. 끝나고 인사하러 온다고 하네요.”

“이야기는 잘 했고?”

“네. 생각보다 훨씬 어른스러워요. 아니, 벌써 어른인 것 같기도 하고.”

“여름이가 그런 느낌이 있긴 하지. 어쨌거나 잘 이야기했다니 다행이네.”

안민영이 휴고와 멜라니에게 대화 내용을 알려주고 다른 이야기들을 나누는 사이, 2부가 시작되었고 강찬이 노미네이트된 신인 감독상의 시상이 시작되었다.

“이번 부문은 신인 감독상입니다. 작년 영화계에서 빛을 발한, 그중에서도 앞으로의 영화계 발전에 이바지할 신인 감독님에게 주어지는 상인데요.”

“평생 한 번밖에 받을 수 없는 상이라는 점에서 수많은 감독님이 노리고 있는 상이기도 합니다. 그럼 수상 후보 함께 보실까요?"

매끄러운 진행과 함께 첫 영화가 소개되었다. 제일 먼저 스크린에 오른 작품은 이충렬 감독의 '워낭소리'였다.

다큐멘터리, 그리고 독립영화라는 흥행 불가 요소 두 가지를 한 번에 품고도 총관객 300만 명을 들인 대흥행작.

오로지 입소문으로 흥행에 성공해 대형 멀티플렉스 극장에까지 걸리는 쾌거를 낸 작품이었다.

"시작부터 강력하네. 이길 수 있을까?"

"장르가 너무 달라서 잘 모르겠네요."

강찬이 돌아오기 전, 2009년 백상예술제 신인감독상은 '워낭소리'의 이충렬 감독이 가져갔었다.

사회적으로 엄청난 이슈를 끈 작품이기도 하고 그만큼의 작품성 또한 있었기 때문이다. 초조한 가슴을 달래려 물을 한 잔하는 사이 후보에 오른 작품들의 소개가 이어졌다.

"다음 작품은……."

'워낭소리'에 대한 간단한 소개가 끝나자 두 번째, 이어 세 번째, 네 번째 작품까지 소개되었다. 그렇게 다섯 번째로 '지킬 앤 하이드'의 로고가 떠올랐다.

"대중 문화인들의 가슴 뛰게 할 수 있는 하나의 단어가 있습니다. 바로 할리우드죠. 모든 대중 문화인들의 꿈과 같은 그곳. 20대 초반, 어린 나이로 할리우드에 진출해 자신의 역량을 마음껏 뽐내고 있는 감독이 있습니다. 함께 보시죠."

MC의 소개와 함께 '지킬 앤 하이드' 소개 영상이 재생되었고 강찬은 마른 침을 삼켰다.

"할리우드를 긴장시킨 천하의 강 감독님도 긴장되긴 하나 봐?"

"그럼요."

돌아온 이상, 신인상 하나쯤은 가볍게 받을 수 있지 않을까 하고 생각한 적이 있었다.

그리고 어지간한 작품이라면 이길 수 있을 것이라 생각했는데.

'하필.'

비슷한 장르라면 흥행 성적으로라도 비벼볼 수 있을 텐데, 장르가 다르니 그럴 수도 없었다.

"잘 될 거예요."

그런 강찬의 모습을 보고 있던 휴고는 미소를 지으며 강찬의 손 위로 손을 겹쳤고 반대쪽에 앉아 있던 멜라니 또한 강찬의 손을 쥐어주었다.

두 사람은 긴장은커녕 아주 여유로운 표정이었고 그들의 얼굴을 본 강찬은 두 사람의 수상경력을 떠올렸다.

'베테랑 중 베테랑들이지 참.'

강찬이 돌아오기 전부터 이름을 떨치던 이들, 긴장할 이유가 하나도 없는 이들이기도 했다.

두 사람의 의연한 모습에 강찬은 짧게 심호흡을 한 뒤 허리를 폈다.

'저번과 다르다.'

나는 돌아왔고 지금까지 방구석에서 TV로만 보던 시상식에 초청받았다. 그것도 네 개 부문의 수상 후보자로.

내 옆에는 세계적으로 내로라하는 배우가 두 명이나 앉아 있으며 눈앞에 있는 프로듀서는 최고의 실력자라고 해도 빈말이 아니었다.

그런 이들을 이 자리에 모을 수 있는 사람이 바로 나 자신, 강찬이다.

몇 번의 심호흡으로 안정을 되찾은 강찬은 두 사람에게 고맙다고 말한 뒤 테이블 위로 손을 올렸다.

"제45회 백상예술대상, 영화부문 신인 감독상의 주인공은……."

말꼬리를 길게 끈 MC는 봉투에서 수상자의 이름이 적힌 종이를 꺼내 들며 말을 이었다.

"'지킬 앤 하이드'의 강찬 감독! 축하드립니다."

MC의 입에서 강찬의 이름이 나온 순간, 그는 눈을 질끈 감고서 긴 숨을 뱉었다.

'됐다.'

다시 눈을 떴을 때, 환한 얼굴로 박수를 치고 있는 세 사람의 모습이 눈에 들어왔고 그다음으로는 자신에게 집중되어 있는 조명이 보였다.

주변에서 박수를 치고 있는 다른 배우와 감독, PD들까지.

"감사합니다."

안민영과 휴고, 그리고 멜라니에게 짧게 고개를 숙인 강찬은 사람들의 환호를 뒤로 한 채 수상을 위해 무대 위로 올라갔다.

"고등학교 시절부터 영화를 제작해 온 강찬 감독은 독립영화 '우리들'을 통해 대중문화인들에게 이름을 알렸으며 그 이후, '악당'을 제작해 선댄스 영화제에서 대상을 수상하는 등, 슈퍼 루키라는 별명이 무색할 정도의 행보를 이어가고 있습니다. '악당'과 'TWO BASTARDS'를 통해 할리우드에 진출한 그는 선댄스를 넘어 할리우드에서도 명성을 떨치고 있습니다."

"해외 유수의 스튜디오 중 유니버설과 전속 계약을 맺은 강찬 감독은 행보를 더욱 넓혀가고 있는데요. 22살이라는 어린 나이에 수많은 감독이 꿈꾸는 성과를 이루었다는 것, 그리고 대한민국의 감독 중 한 명으로 대한민국 대중문화계를 널리 알리고 또 위상을 드높였다는 것에서 이 상을 수여합니다."

두 MC의 축하사가 끝나자 신인 감독상 트로피가 강찬에게 건네졌다.

그와 동시에 강찬과 영하를 함께 했던 배우들, 그리고 PD가 무대로 올라와 꽃다발을 주며 축하 인사를 했다.

"축하해!"

"축하드립니다."

"신인상 축하드립니다."

수많은 사람의 축하 인사 속 강찬은 한 명 한 명과 눈을 맞추며 감사의 인사를 건넸다.

"감사드립니다."

한 손에는 트로피를, 다른 손에는 꽃다발을 가득 받은 강찬은 허리를 숙이며 마이크에 입을 가져다 댔다.

"한국에서 영화를 제작하는 모든 감독님, 그리고 영화감독을 꿈꾸는 분들에게 주시는 상이라 생각하고 받겠습니다. 저 이외에도 수많은 분이 지금 이 순간에도 영화를 제작하고 계실 텐데요, 그런 분들께서 만드신 영화를 보며 자란 덕에 제가 이 자리에 설 수 있었고 또 앞으로도 영화를 제작할 수 있는 것이라 생각합니다."

다시 한번 고개 숙여 인사한 강찬이 말을 이었다.

"이 자리까지 올 수 있게 도와주신 백중혁 사장님, 항상 뒤에서 도와주시는 안민영 PD님, 윤가람 PD님. 못난 친구 믿고 따라와 준 서대호, 첫 작품부터 항상 힘이 되어준 진주, 앞으로 함께 갈 날이 더 많은 여름이. 그리고 이 자리에 함께해 준 휴고와 멜라니에게 감사드리며 마지막으로 아들 하나 믿고 지원해 주신 어머니께 감사의 인사 드립니다."

혹시나 수상할까 하는 생각에 준비한 대본은 여기까지. 짧은 숨을 몰아쉰 강찬은 자신을 바라보고 있는 이들, 그리고 커다란 스크린에 송출되고 있는 자신의 얼굴을 한 번 돌아보았다.

"앞으로 더 좋은 영화로 보답 드릴 수 있도록 노력하겠습니다. 감사합니다."

대상과 감독상, 그리고 시나리오상과 신인 감독상.

총 네 개의 부문의 노미네이트된 강찬이었기에 카메라는 쉴 새 없이 강찬의 얼굴을 비추었고 그때마다 강찬은 스크린에 떠오른 자신의 모습을 보며 환한 미소를 지었다.

아이돌들의 축하 공연을 관람하고 있던 때, 이번 백상예술대상의 막내 작가가 다가와 강찬에게 말했다.

"곧 MC분들이 테이블들을 돌면서 인터뷰를 할 예정입니다."

"예."

여기까지는 큐시트에 예정되어 있던 것, 그냥 일정을 알려주려는 것이었다면 굳이 작가가 오진 않았을 터.

강찬이 더 할 말이 있냐는 눈으로 그를 바라보자 작가는 두 배우를 곁눈질로 힐끗 바라보며 말했다.

"그때 강 감독님 테이블 쪽에도 올 텐데 두 배우분 소개와 인터뷰도 부탁드려도 될까요?"

"그럼요."

멜라니와 휴고가 인터뷰해 준다면 시청률이 오르는 건 당연지사. 게다가 영화의 홍보까지 될 테니 누이 좋고 매부 좋은 일이었다.

"괜찮죠?"

사정을 설명한 강찬이 두 사람에 묻자 두 배우는 쿨하게 고개를 끄덕였다.

"한국까지 왔는데 방송에 얼굴은 비춰야죠."

"예. 저도 괜찮습니다."

동의를 받은 작가는 환한 얼굴로 감사하다는 말과 함께 돌아갔다.

"따로 조심해야 할 게 있나요?"

"생방이니까 욕이나 인종차별적인 발언만 안 하시면 됩니다."

"설마요."

잠깐 대화를 나누는 사이 아이돌의 축하 무대가 끝나고 마이크를 쥔 두 MC가 무대로 올라왔다.

"한류 열풍의 주역, VIVA의 무대 어떠셨나요?"

"역시라는 말이 어울리는 무대였어요. 정말 좋았습니다. 자

그럼 다음 순서로 넘어갈까요?"

"그러죠."

몇 마디 말을 더 나눈 MC들은 곧 마이크를 든 채로 무대 아래로 내려와 인터뷰를 시작했다.

수상을 한 사람, 그리고 시상 부문에 노미네이트된 이들을 한두 명씩 인터뷰하던 그들은 곧 강찬이 앉아 있는 테이블로 다가왔다.

"최연소, 최다부문 노미네이트, 그리고 신인 감독상의 주인공. 강찬 감독님! 반갑습니다."

"안녕하세요."

"방금 수상하셨는데 바로 다음 부문, '시나리오상'에도 노미네이트되어 계시네요. 기분이 어떠신가요?"

"붕 떠 있는…… 하늘은 날고 있는 그런 기분이라 할까요."

"하하, 제가 강찬 감독님이라도 그럴 것 같습니다. 한 영화제에서 네 개의 상에 노미네이트 되다니. 다시 한번 축하드립니다."

"감사합니다."

가벼운 이야기를 나누고 있는 사이, 두 MC의 시선이 멜라니와 휴고에게 향한 것을 캐치한 강찬은 아, 하는 소리와 함께 몸을 돌리며 말했다.

"제가 너무 제 이야기만 했네요. 이쪽은 제 영화 '지킬 앤 하이드'에서 지킬 역을 맡았던 휴고 위빙."

"한국의 시청자 여러분. 반갑습니다. 휴고 위빙입니다."

중저음의 목소리와 함께 그가 살짝 고개를 숙이자 여자 MC가 짧게 와, 하는 탄성을 흘렸고 휴고는 멋들어진 미소로 화답했다.

"그리고 스텔라 역을 맡았던 멜라니 로랑."

"반가워요. 멜라니 로랑이에요."

그녀가 환하게 웃자 MC들을 따라 다니며 촬영을 하고 있던 카메라 감독들의 얼굴에도 환한 미소가 걸렸다.

"살아생전에 두 분의 인터뷰를 해보게 될 줄이야, 영광입니다."

"저도 이 자리에 함께할 수 있어서 영광입니다."

MC는 휴고와 악수를 한 후 만족스러운 웃음을 지으며 준비해 온 질문을 던졌다.

"한국 감독과 작품을 함께하신 건 처음이시죠?"

"예. 그렇습니다. 제가 작품을 함께한 감독 중에 최연소기도 하죠."

"어떠셨나요?"

휴고는 잠시 생각을 하는 듯 머리를 짚었다가 이내 입을 열었다.

"영화를 만드는 데 있어 감독이 자라온 환경은 중요합니다. 그 사람이 어떤 환경에서 자라왔고 어떤 생각을 가지고 있는

지에 따라 영화의 방향이 크게 달라지기 때문이죠. 나이 또한 무시할 수 없습니다. 나이란 그 사람이 겪어온 경험의 방증이 됩니다."

"그렇다면 나이 면에서 강 감독은 조금 불리할지도 모르겠습니다."

"예. 저도 처음에는 그렇게 생각했습니다. 하지만 만나볼수록 다르더군요. 저는 강 감독과 일할 때 가끔, 그가 저보다 위에 서 있다는 느낌을 받곤 했습니다. 강압적이라는 의미가 아니라, 뭐랄까. 더 오랜 세월을 겪어왔다는 느낌이었습니다. 무엇보다 그는 침착하고 점진적이며 노력하는 사람입니다."

중후한 목소리로 이어지는 칭찬에 강찬은 고개를 숙였고 휴고는 그런 강찬을 보며 미소를 지었다.

"배우에게 좋은 작품이란 생명수와도 같습니다. 배우가 아무리 뛰어나더라도 할 수 있는 작품이 없다면 빛을 볼 수 없는 건 당연하니까요. 모든 배우가 좋은 작품에 나오고 싶어 하는 것과 같은 이치죠. 그런 의미에서 강 감독을 만난 건 행운이라고 생각해요."

휴고는 할 말을 다 했다는 듯 멜라니를 바라보았고 그의 제스쳐를 이해한 MC가 멜라니에게 마이크를 건넸다.

"멜라니는 어떤가요?"

"제가 할 말을 휴고가 다 해버렸네요. 처음에는 불안했지만…… 여기 계신 많은 분이 보셨을 거예요. 강 감독이 제게 연기지도를 하던 모습을. 상상이 가시나요? 자신보다 훨씬 어린 감독에게 연기지도를 받는 배우의 모습이. 하지만 저는 진심으로 감사했어요."

"인상적이네요. 제가 배우였다면 멜라니의 말만 듣고도 함께 일해보고 싶어질 것 같아요."

"많은 배우가 그런 생각을 하고 있을 거예요. 휴고의 말대로 좋은 작품, 그리고 좋은 감독님은 배우에게 있어 그 어느 것보다 소중하고 가치 있는 것이니까요."

멜라니의 시선이 강찬에게 닿자 MC 또한 그를 바라보았다. 전과는 달라진 눈빛에 강찬이 몸 둘 바를 모르는 사이, 멜라니가 말을 이었다.

"강 감독님과 작업을 하는 시간 매분 매초가 행복했어요. 저도 잊고 있던 제 안에 있는 연기에 대한 열정을 다시 깨워줬거든요. 그는 항상 노력해요. 곁에서 보고만 있어도 그를 위해 더욱 노력하고 싶고 좋은 영화를 만들고 싶어지죠. 그래서 저는 강 감독과 다시 한번 영화를 하고 싶어요. 하지만 이런 생각도 들어요. 내가 했던 경험을 다른 배우들도 했으면 좋겠다. 그리고 그 사람들과 이야기를 나눠보고 싶어요. '난 이랬는데, 넌 어땠어?' 하는 그런 대화죠."

멜라니는 씩 웃더니 테이블 위에 올려진 강찬의 손 위에 자신의 손을 포개며 말했다.

"그런 의미에서 저는 강 감독이 조금 더 많은 상을 받았으면 좋겠어요. 그래서 더욱 많은 사람에게 이름을 알리고 더욱 많은 작품을 만들게 될 수 있다면 그건 우리 같은 배우들, 그리고 영화인들에게 좋은 일이 될 테니까요."

할리우드에서도 탑 급으로 대우받는 두 배우, 그들의 연이은 칭찬에 강찬은 쥐구멍에라도 들어가고 싶은 심정이 되었지만 다른 이들은 그렇지 않은 모양이었다.

그들의 말이 끝나고 번역을 통해 자막으로 나오자 몇몇이 이때다 싶어 박수를 쳤고 누군가는 휘파람을 불며 '멋지다'하고 외쳤다.

그때, 카메라 뒤에 서서 타이밍을 보고 있던 메인 PD가 '시간'이라 쓰인 스케치북을 마구 흔들었다.

MC는 아쉬운 듯 짧게 입술을 깨물었지만, 이곳은 강찬의 인터뷰장이 아닌 백상예술대상 시상식장이었다. 그의 인터뷰만 할 순 없는 노릇.

"이야기를 듣다 보니 시간 가는 줄 모르고 너무 길어졌네요. 인터뷰는 여기까지 하도록 하겠습니다."

"다음 순서는 '시나리오상'입니다. 그럼 후보들 만나보실까요?"

강찬이 노미네이트된 두 번째 부문. 대화를 나누고 있던 강찬의 고개가 자연스럽게 무대 위 스크린으로 향했다.

스크린에 떠오른 후보 여섯 작품 중 눈에 들어오는 작품은 하나, '과속스캔들'이었다. 만약 강찬이 노미네이트 되지 않았더라면 상을 받았을 작품.

'신인 감독상' 때와 같았다. 과속스캔들만 이긴다면 강찬이 상을 받을 터. 이미 하나의 상을 받은 강찬은 조금은 편안해진 마음으로 화면을 바라보았다.

아니 그러려 했으나.

'떨리긴 마찬가지네.'

하나의 상을 받았다고 다음 상을 받는 데 있어 편할 거라는 생각은 오산이었다.

강찬이 떨리는 가슴을 안정시키기 위해 물은 한 잔 마실 때, 곧 후보들의 소개가 끝나고 시상이 시작되었다.

"제45회 백상예술대상 영화부문 시나리오상 수상자는…… '지킬 앤 하이드'의 강찬!"

"강찬 감독은 자신의 작품 '지킬 앤 하이드'를 통해 인간이 태어날 때부터 가진 선과 악을 심오하게 다루었지만, 그 이야기를 풀어내는 화자로 히어로를 이용하면서 더욱 쉽게 관객들에게 다가섰습니다."

"그 결과, '다크 유니버스' 세계관에 어울리는 작품을 탄생시킴과 동시에 관객들에게 있어 생각할 여지를 남기고 또 그것으로 인해 자신의 삶을 돌아보는 계기를 만들었음에 있어 이 상을 수여합니다."

하나의 시상식, 두 번째 수상.

무대에 올라선 강찬은 빈손으로 자신의 뒤에 선 사람들을 바라보며 미소를 지었다.

첫 번째 수상 때 모든 꽃다발을 주었기에 더 줄 것이 남지 않은 모양.

"두 번째 수상에 감사드립니다. 몇 날 며칠, 아니 몇 달을 고민한 시나리오가 이렇게 빛을 발하는 것 같아 너무 기쁩니다. 그리고……."

강찬은 길지 않게 다시 한번 수상소감을 말한 뒤 무대에서 내려왔다. 두 번째 수상소감을 말하고 얼마나 지났을까, 강찬이 세 번째로 노미네이트 된 '감독상' 발표의 시간이 되었다.

"제45회 백상예술대상 감독상, 그 영예의 주인공은…… 벌써 세 번째네요. 이 정도면 편파라는 이야기가 있을 수도 있겠는데요. 강찬 감독입니다."

"그만큼 완벽한 작품을 내놓았다는 뜻이 아닐까 싶습니다. 강찬 감독은 '지킬 앤 하이드'를 통해 원작 '지킬 박사와 하이드'를 완벽히 재해석해냈으며 자신의 색으로 녹여냈습니다. 그리 하여…….”

세 번째 수상과 수상소감. 강찬의 어찌할 바를 모르는 얼굴이 스크린에 떠올랐고 전국적으로 생중계되었다.

“정말 몸 둘 바를…… 모르겠습니다. 너무나 감사드립니다.”

세 번째 수상하자 수상소감에서 할 말이 없었다. 강찬은 연신 감사하다는 말과 함께 무대에서 내려왔고.

“대망의 대상, 후보분들을 만나보시죠.”

“만약 이번에도 강찬 감독이 수상한다면 백상예술대상 최초 4관왕, 그리고 두 번째로 신인상과 대상을 함께 수상하는 감독이 되는데요.”

“작년, 나홍진 감독의 ‘추격자’가 신인상과 대상을 동시에 수상하며 이관왕의 자리에 올랐었죠. 바로 한 해 만에 깨지게 될 거라곤 누구도 생각 못 했었는데, 강찬 감독이 그 어려운 걸 해낼 수 있을까요?”

이미 다른 감독들의 수상은 뒷전, MC들마저도 강찬이 대상을 수상할 수 있냐 없냐에 초점을 맞추고 있었다.

수상 후보에 오른 다른 감독들 또한 마찬가지.

다들 자신이 수상할 수 있지 않을까 기대를 하고 있긴 했지만, 한편으로는 ‘삼관왕이 대상을 받겠지…….’ 하는 생각을 하고 있었다.

그리고 그들의 생각은 틀리지 않았다.

"제45회 백상예술대상 영화부문 대상!"

"처음 참가하는 영화제에서 네 개 부문을, 그것도 대상과 신인상을 동시에 수상하게 되셨네요. 대상 수상자는 강찬 감독입니다. 축하드립니다!"

모든 카메라가 강찬을 비추었을 때, 그는 해탈한 듯 웃으며 자리에서 일어섰다.

그리곤 깊게 허리 숙여 사람들에게 인사했다.

고개를 숙이지 않고는 버틸 수 없었기 때문. 이유는 간단했다.

첫째로 경쟁에서 승리했기에 받은 상이었지만 네 개나 받다 보니 다른 후보들에게 미안한 감정이 들었기 때문이었고.

둘째로 주체할 수 없이 올라간 입꼬리를 가리기 위해서였다. 마음 같아서는 자리에 선 채로 미친 듯이 웃고 싶었지만 그럴 수는 없는 노릇이니까.

강찬은 억지로 입술을 씹으며 안면근육을 진정시킨 뒤 다시 고개를 들었고, 모든 이들의 박수갈채를 받으며 대상 수상을 위해 무대로 올랐다.

"한 영화제에서 네 번의 감사 인사를 전하게 될 것이라고는 정말 상상도 못 했습니다. 너무나 감사드리며 또 죄송한 마음이 앞섭니다. 하지만 상인 만큼, 달게 받겠습니다. 감사드립니다."

모든 시상식을 가장 짧은 대상 수상소감 후, 강찬은 깊게 고개를 숙였다.

이번에는 방금처럼 같이 피어나는 미소를 참기 위함이 아닌. 진심으로 감사하는 의미를 담은 인사였다.

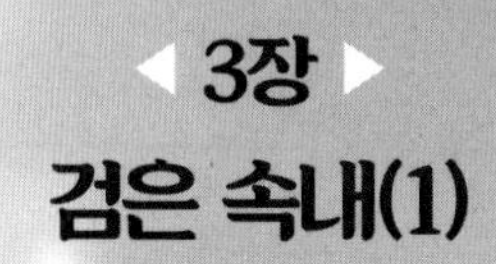
3장
검은 속내(1)

"건배사라…… 오늘 하도 많은 감사 인사를 해서 더 할 말이 없을 줄 알았는데 이렇게 잔을 드니 또 할 말이 떠오르네요. 일단 여기 계신 모든 분께 감사드립니다. 몇 번이나 들으셨겠지만 그만큼 감사해서 또 감사하다는 말을 드리게 되네요."

강찬은 잔을 든 채로 고개를 숙였고 몇몇 이들의 박수 소리와 함께 다시 고개를 들었다.

"제 꿈은 100억 관객을 들이는 겁니다. 그때까지 여기 계신 모든 분과 함께 열심히 영화를 찍을 생각입니다. 앞으로도 잘 부탁드리겠습니다. 그럼, 100억 관객을 위하여!"

"100억 관객을 위하여!"

건배사를 끝낸 강찬이 잔을 들이키자 다양한 표정을 지은 이들 또한 잔을 들이켰다.

"100억 원이 아니라 100억 관객?"

"그렇다는데."

"그게 가능해?"

"지구에 사는 인구수가 70억…… 그중에 문화 활동을 하는 인구를 최대한 긍정적으로 봐서 10%라 하면…… 대충 7억. 그 사람들이 13번씩만 보면 되네."

"문화 활동 하는 인구가 7억 명이나 되긴 할까."

"최대한 긍정적으로 봐서 7억."

"타이타닉 수익이 20억 불이었지. 티켓값을 10불이라 치면…… 대충 2억 명이 봤다는 계산인데."

"간단하네. 강 감독이 타이타닉 50편만 찍으면 되는 거잖아?"

100억 관객이라는 말에 좌중이 술렁였다. 강찬의 최측근인 안민영마저도 입을 떡 벌린 채 강찬을 바라보았다.

"그거 진심이었어?"

"예."

"세상에…… 아니지. 영화감독은 은퇴 나이라는 게 없으니까 앞으로 50년 정도 하면 될 수도 있겠다."

"20년 안에 할 겁니다."

안민영은 닭 다리를 하나 들다가 그대로 놓치고선 미간을 찌푸렸다.

"20년?"

"예. 이번 영화까지 합치면 3억 정도 될 테니 97억 정도 남았네요."

돈이라면 차라리 쉽다. 제작부터 유통라인까지 대부분을 스스로 하는 ATM이었기에 그 정도 돈을 모으는 것은 20년 안에 충분히 가능할 터.

하지만 100억 관객은 다르다.

강찬이 쉬지 않고 영화를 제작해야 하며 계속해서 지금과 같은 퀄리티를 유지해야 하기 때문.

잠시 생각하던 안민영은 닭 다리를 집느라 묻었던 기름을 티슈에 문질러 닦고선 술병을 들었다.

그리곤 자신의 빈 잔과 강찬의 잔을 채운 뒤 말했다.

"열심히 해봅시다."

"예. 감사합니다."

"감사는 무슨, 20년 안에 100억 관객. 그게 되면, 아니 우리가 해내면 PD로, 그리고 영화감독으로 교과서에 실릴지도 몰라. 그런 기회를 준 사람인데 내가 감사하지."

해가 지날수록 걸걸해지는 목소리와 털털해지는 그녀의 성격에 강찬은 헛웃음을 흘리며 잔을 비웠다.

"하도 현장에만 계셔서 그런가, 어째 점점 더 형 같아지시는데요."

"갑자기?"

"연애라도 좀 하셔야겠어요."

"내가 하기 싫어서 안 하나? 시간이 없어서 못 하지."

"에이, 다 핑계죠. 우리 회사에도 괜찮은 사람들 많잖아요. 아니면 사업차 만나는 사람들만 하더라도 일주일에 십수 명은 될 텐데."

"어떤 능력 좋은 사람 하나가 있어서 어지간한 사람은 눈에 안 차더라고."

안민영이 한 번 더 잔을 채우는 사이, 강찬이 어안이 벙벙한 표정으로 물었다.

"저요?"

"그렇게 당황한 눈으로 보지 말아줄래. 강 감독 같은 스타일 내 스타일 아니거든. 게다가 강 감독은 짝도 있잖아."

안민영이 손을 휘휘 젓자 강찬은 안심한 듯 짧은 숨을 내쉬었고 안민영은 도끼눈을 떴다.

"그렇게까지 안심할 건 뭐야, 내가 어디가 빠지나? 돈 잘 벌어, 예뻐, 키도 적당해, 요리도 잘해. 성격도 좋지. 안 그래?"

"아휴, 그럼요."

마지막 말에는 동의할 수 없지만 그렇다고 입 밖으로 낼 수도 없던 강찬은 그저 고개를 끄덕이며 동조할 뿐이었다.

"호랑이도 제 말 하면 온다더니."

"예?"

안민영은 자신이 마시던 술병과 잔을 들고 일어서며 말을 이었다.

"자, 방해꾼은 여기서 이만. 화이팅!"

안민영이 바라보는 방향으로 고개를 돌리자 이쪽으로 다가오는 여진주의 모습이 보였다.

"축하해요."

"고마워."

그녀는 무언가 말을 이으려다 이내 시선을 돌렸다. 그리곤 시선의 끝에 걸린 술병을 바라보더니 말했다.

"한 잔 주실래요?"

"그럼."

어색한 분위기 속에서 대화가 오갔고 강찬은 그녀의 잔을 채워주었다. 한 잔을 들이켠 여진주는 강찬의 빈 잔을 보더니 채워주었고 그렇게 말없이 몇 잔의 술이 오갔을 때.

여진주가 먼저 말을 꺼냈다.

"하신 말 있잖아요, 미국 가자고."

"아, 응."

"오빠 영화에 출연하게 되면 해외에 있는 날이 더 많겠죠?"

"아무래도 그렇겠지."

한국에서 영화를 촬영한다면 아이돌과 영화배우 두 직업을 겸해도 상관없다.

아무리 멀리 이동했다 하더라도 차로 두어 시간 정도면 서울에 도착해 다른 스케줄을 소화할 수 있기 때문.

하지만 해외로 나가면 이야기가 달라진다.

며칠 길게는 주 단위로 스케줄을 빼야 하는데 그동안 한국에서의 스케줄을 하나도 참가할 수 없다.

"엄마가 저한테 물어보셨어요. '영화배우가 지금 네가 가진 모든 것을 내려놓고 할 만큼 가치 있는 일이냐'고요."

"맞는 말이지."

"그렇죠? 저도 엄마 말 듣고 또 고민했어요. 저는 오빠랑 '우리들' 찍을 때 정말 좋았거든요. 그리고 지금 한국에서 드라마 잠깐씩 출연할 때도 항상 그때 생각이 나요. 오빠나 대호 오빠 같은 사람들하고 또 영화를 찍고 싶다는 생각도 들고요."

"그때 재밌었지."

"꽃 들고 왔던 거 기억나죠?"

"……기억이 잘 안 나는데."

"그때 얼마나 웃었는지."

옛이야기 덕일까, 몇 잔 들어간 술 탓일까. 분위기가 조금씩 풀어지자 여진주는 반 정도 남은 술잔을 빙글빙글 돌리며 말을 이었다.

"저는 지금 무대에 서서 노래하는 것도 너무 좋고, 오빠하고 영화도 찍고 싶어요. 그런데 영화를 찍으면 아이돌은 그만둬야 하는 거나 마찬가지잖아요?"

"그렇지."

"그래서, 1년만 기다려 주실 수 있을까요?"

"왜 1년이야?"

"곧 앨범이 나오거든요. 그리고 제가 빠지면 새 멤버도 구해야 할 거고…… 소속사의 입장이라는 것도 있으니까요."

"그러고 보니까 소속사에서는 안 말려?"

"엄청 말리죠. 그래도 제 선택을 존중해 주신다고 하셨어요."

요새 드문 참 좋은 소속사라는 생각도 잠시, 강찬은 고개를 끄덕였다.

"그럼 1년 뒤에는 같이 일할 수 있겠네?"

여진주 또한 강찬과 함께 고개를 끄덕이다 이내 입꼬리를 올렸다.

"상황이 이상하네요. 전 세계에 수많은 감독과 스태프들이 오빠랑 일하고 싶어 하는데, 저는 제 욕심 때문에 그런 기회를 1년이나 미루고, 또 오빠는 그걸 받아주시네요. 제가 뭐라고."

"내 영원한 뮤즈지."

"……네?"

자신도 모르게 대답했던 강찬은 동그래진 여진주의 눈을 보고선 자신이 내뱉은 말을 복기했다. 그리곤 이내 손바닥으로 얼굴을 문질렀다.

"아냐."

"뭐라고 하셨어요?"

"들었잖아."

"뮤즈?"

"들었네."

강찬은 붉어진 얼굴을 숨기려 고개를 숙였고 여진주는 그런 그를 바라보며 검지로 강찬의 팔을 쿡쿡 찔러댔다.

"듣기 좋은 단어네요. 뮤즈."

일주일 뒤, ATM 할리우드 지사 사무실.

안민영이 턱을 괸 채 화면을 노려보고 있었다.

"……흠."

잠시 고민하던 그녀는 지나가던 강찬을 발견하고선 손을 흔들었다.

"강 감독."

"예?"

"바빠?"

"아뇨. 잠시만요."

강찬은 여진주에게 보내던 문자를 마저 보낸 후 안민영에게 말했다.

"예. 말씀하세요."

"잠깐만 이것 좀 봐줄래?"

그녀의 부름에 의자 하나를 끌고 온 강찬은 안민영이 보고 있던 화면을 바라보았다.

"이메일이네요."

"응. HKIFF(홍콩 국제 영화제)에서 보낸 건데. 거기서 강 감독이 오프닝 MC 맡기로 한 거 기억하지?"

"예."

강찬이 고개를 끄덕이자 안민영이 화면을 가리키며 말을 이었다.

"그쪽에서 숙소랑 항공편까지 지원해 준다는데, 좀 이상해."

그녀의 말에 이메일을 읽어본 강찬의 미간이 안민영의 그것처럼 찌푸려졌다.

"비행기는 이코노미…… 거기다 새벽 3시 도착 비행기네요?"

"응. 거기다 숙소도 알아보니까 도시 외곽에 있는 허름한 호스텔이야."

'이해할 수 없는 처사였다. 전용기나 퍼스트 클래스는 아니더라도 이코노미? 거기다 숙소까지 호스텔이라니.'

현재 강찬은 할리우드 키드라 불릴 정도의 영향력이 있는 상황. 지원해 주지 않는 것만 못한 지원은 이해할 수 없는 처사였다.

"연락은 해보셨어요?"

"아직. 뭔가 이유가 있을 것 같은데 그 전에 생각 좀 해보려고."

강찬은 흠, 하는 소리와 함께 의자에 기대었다.

"강 감독이 할리우드에서 인정을 받았다고 하더라도 중국에서는 아직이다…… 뭐 이런 건가?"

안민영이 의견을 내놓았지만, 정답이랑은 거리가 있어 보였다. 그럴 거라면 왜 직접 초대를 한 뒤 엿을 먹이려 하겠는가. 차라리 초대를 안 하고 말지.

잠시 생각에 잠겼던 강찬은 몸을 앞으로 당기며 말했다.

"HKIFF 위원회 쪽에 중국 사람도 있나요?"

"있지 않을까?"

"그쪽 사람이 손을 썼을 가능성은요? 이를테면…… 이렇게 홀대를 해놓고 백마 탄 왕자님 같은 사람이 나타나는 거죠."

"백마 탄 왕자?"

"예. 간단히 예를 들면, 좁은 비행기와 허름한 호스텔에 실망을 금치 못하고 있는 우리 앞에 기다란 리무진이 나타나는 겁니다. 그리곤 딱 봐도 돈이 많아 보이는 거물이 내려서 말하는 겁니다. '이런 착오가 있었군요. 제대로 모시겠습니다.' 하고요. 그리곤 특급 호텔과 값비싼 식사를 제공하며 자신에게 호의를 갖게 하려는…… 그런 수가 떠오르네요."

그의 설명을 들은 안민영은 쯧, 하고 혀를 찼다.

"그렇게 저급한 수를 쓸 사람이 있을까…… 싶으면서도 그게 제일 가능성이 커 보이는 게 또 아이러니네."

짧은 한숨을 이어 쉰 안민영이 강찬과 눈을 맞추었다.

"그럼 어떻게 하면 좋을까?"

"두 가지 방법이 있어요. 하나는 저 사람들이 짜놓은 시나리오대로 그대로 따라가면서 대응하는 것."

"그건 강 감독 스타일이 아닌데."

그녀의 말에 강찬이 씩 미소를 지었다.

"그리고 두 번째, 퍼스트 클래스를 타고 가서 특급 호텔에 묵는 거죠. 자비로."

"주도권을 쥐겠다? 훨씬 강 감독스럽긴 한데, 그다음은?"

"처음부터 엇나간 단추를 제대로 끼우기 위해 저들이 행동하는 걸 보는 겁니다. 애초에 이런 수작질을 했다는 것 자체가 저한테 관심이 있다는 거고 원하는 게 있다는 거겠죠. 그들이 손에 쥔 패를 꺼낼 때까지 우리는 할 걸 하는 겁니다."

협상의 기초는 상대가 원하는 것을 먼저 말하게 하는 것이다. 삼류 영화감독이었던 강찬은 을의 위치에서 수없이 겪어보았던 것. 누구보다 잘 알고 있었기에 반대의 상황 또한 만들어낼 자신이 있었다.

“좋은 일이 연달아 있다 했더니 또 머리 아파지네.”

“사는 게 그렇죠, 뭐. HKIFF가 언제라고 하셨죠?”

“3월 22일 시작, 도착해서 리허설이다 뭐다 해서 준비할 게 있어서 우리 입국은 3월 19일.”

오늘은 3월 10일이다. 남은 시간은 9일.

잠깐 고민하던 강찬은 안민영을 바라보며 말했다.

“제 영화 상영은 언제죠?”

“첫날에 잡아준다고는 했는데 아직 정확한 큐시트는 못 받았어. 왜?”

강찬이 무언가를 꾸미는 것을 직감한 안민영이 장난기 넘치는 악동 같은 미소를 지으며 강찬을 바라보았다.

“생각 좀만 더 해보고요. 아직은 구상 중이라.”

아직 상대가 누구인지, 어떻게 나올지도 모른다. 하물며 아무런 일이 벌어지지 않을 수도 있는 상황. 섣불리 판단을 내리기보다는 만반의 준비를 해두는 게 옳다.

“그럼 이 사안은 여기까지?”

“예. 오늘 촬영 끝나고 다시 들러서 말씀드릴게요.”

“아, 나 오늘 출장 있는데.”

“그럼 전화로 드릴게요.”

“오케이.”

안민영이 한결 편해진 표정을 짓고선 손가락으로 오케이 사인을 보냈다. 강찬은 고개를 끄덕이고 일어서서는 오늘의 촬영을 준비하기 시작했다.

2월 말, '닥터 프랑켄슈타인'과 '드라큘라'를 동시 제작하기를 시작한 지도 벌써 반년에 가까운 시간이 흘렀고 영화 촬영은 거의 마무리 단계에 이르고 있었다.

"슬슬 CG팀도 하나 꾸려야 할 텐데."

CG 작업 외주를 맡긴 업체에서 온 메일을 확인하던 강찬이 말하자 안민영이 그의 말을 받았다.

"CG팀도 꾸리시게?"

"네. 언제까지 외주로만 운영할 순 없으니까요."

"그래도 외주 주는 게 편하잖아. 새로 만들기도 힘들고."

"그렇죠. 데려오려면 팀 전체를 우리 회사에 데려와야 하니까."

안민영은 흠, 하고 콧잔등을 문지르다가 강찬과 눈을 맞추며 물었다.

"꾸리려는 이유는?"

"단점보다는 장점이 많으니까요."

돈만 주면 모든 것을 해결해 주니 굳이 따로 팀을 꾸려서 관리할 필요가 없다는 점에서 외주가 편하긴 하다. 하지만 외부 팀에게는 소속감이라는 게 없다.

한 번 작업하고 나면 끝나는 관계가 대부분인 데다 업계 최고의 실력자들이 다른 작업을 하고 있으면 맡길 수 없다는 단점 또한 존재한다.

"한 번 알아볼까?"

"봐둔 회사는 몇 군데 있긴 해요."

"어디?"

그녀의 물음에 강찬은 파일철 하나를 꺼내 그녀에게 건넸다. 돌아오기 전부터 유명했던 회사들, 그리고 미래가 유망한 회사들을 정리해 둔 파일이었다.

파일을 건네받은 안민영은 눈을 둥그렇게 떴다.

"웨타 디지털, ILM이라…… 이 회사들은 우리가 소화하긴 너무 큰데?"

ILM 같은 경우에는 현존하는 CG 업체 중 가장 오래되고 유명한 시각효과 스튜디오이며 스타워즈와 쥬라기 공원, 터미네이터 2, 아바타 등의 환상적인 CG 작업을 담당한 업체이다.

웨타 디지털 또한 마찬가지, ILM과 함께 할리우드 시각효과 스튜디오의 쌍두마차로 불리며 반지의 제왕 트릴로지, 킹콩과 디스트릭트 9 등으로 아카데미 시각 효과상을 밥 먹듯 타가는 업체.

"확실히 ATM보다는 큰 회사들이죠. 앞으로 성장을 봐도 그렇고."

강찬이 설립한 ATM도 무시할 수 없을 정도의 규모를 가지고 있긴 하지만 어디까지나 한 명의 감독을 위한 회사라는 한계가 있다.

물론 그 한 명이 어지간한 감독 수십보다 나은 수익률을 보이긴 하지만 성장한계치에 대해서는 회의적일 수밖에 없는 것.

"그래서 생각해 봤는데요, ILM 같은 경우에는 루카스 필름 산하에 있잖아요? 웨타 디지털은 단독이고."

"웨타 디지털과 ATM이 ILM-루카스 필름과 같은 관계를 맺는 쪽으로 가자?"

"아래 둔다기보다는 파트너쉽 정도?"

파트너쉽을 체결하고 ATM이 제작하는 영화의 CG 작업을 모두 웨타 디지털이 맡아준다면 영화의 퀄리티가 한 층 올라갈 것은 당연하다.

하지만 안민영은 들고 있던 펜으로 관자놀이를 긁적이며 말했다.

"그렇게 된다면야 만사형통이고 금상첨화인데 웨타가 그럴 필요가 있을까?"

"문제는 그거죠."

강찬의 말을 마지막으로 잠시 대화가 끊겼다. 팔짱을 낀 채 입술을 두들기던 강찬은 이내 안민영을 바라보고 말했다.

"급한 거 아니니까 천천히 생각해 보죠."

"그래."

그렇게 대화가 끝나갈 무렵, 강찬의 핸드폰이 울렸다.

-문화산업전략팀장 김민기

"강찬입니다."

-예, 김민기입니다. 혹시 저녁 드셨습니까?

강찬은 시계를 보았고 벌써 오후 8시가 넘은 것을 발견했다. 그리곤 아직 안 먹었다고 말하려 할 때, 자신이 미국에 있다는 사실을 깨달았다.

"아직이긴 합니다만."

-그럼 저녁 식사 함께하시겠습니까?

"전 미국인데요."

-예, 저도 일이 있어서 근처 들렀다가 ATM 회사 로고가 보여서 전화 드렸습니다.

마치 집 근처 편의점에 나왔다는 듯한 말투, 강찬은 헛웃음을 흘렸다가 이내 미간을 찌푸렸다.

'또 무슨 일일까.'

아무런 이유 없이, 그것도 연락도 없이 찾아오진 않았을 터. 만약 강찬이 자리를 비운 상황이라면 소득 없이 돌아가야 했을 것이다.

그런 위험을 감수하진 않았을 터, 강찬의 동선까지 전부 알아보고 왔거나 아니면 진짜 우연이라는 소린데.

'우연일 리 없지.'

그렇다면 할 말이 있다는 뜻, 강찬은 고개를 끄덕였다.

"그러죠. 그럼 지금 근처이신가요?"

-예. 1층 로비에서 기다리고 있겠습니다.

"예. 하던 일만 정리하고 내려갈게요. 5분 정도만 기다려 주세요."

-천천히 오셔도 됩니다. 회사 건물이 좋네요.

전화를 끊자 안민영이 강찬을 바라보았다.

"누구?"

"L 기업 문화산업전략팀장 김민기 씨요. 근처 들렀다가 ATM 로고 보고 생각나서 전화했다고, 밥이나 한 끼 같이 하자고 하네요."

그녀 또한 강찬과 똑같은 표정으로 헛웃음을 흘렸다.

"대단한 팀장님이야."

"그러니까요. 그럼 전 바로 퇴근하겠습니다."

"오케이, 내일 봐."

웨스트 할리우드의 음식점, 호세 안드레즈에 도착해 앉자 김민기가 먼저 말을 꺼냈다.

"여기가 스페인 요리로 유명하다고 들었습니다."

"예. 몇 번 와봤는데 맛이 괜찮더라고요."

"아, 와보셨습니까? 뭐가 맛있습니까?"

강찬은 그에게 몇 가지 메뉴를 추천해 준 뒤 음식을 주문하고서 김민기에게 물었다.

"밥 먹고 이야기할까요? 아니면 먹기 전에 끝낼까요."

"바로 본론입니까? 나쁘지 않죠. 그럼 먹기 전에 끝내도록 하겠습니다."

근처에 왔다 들렀다는 거짓말을 포장할 의지조차 없어 보이는 대답, 강찬이 고개를 끄덕이자 그가 말을 이었다.

"이번에 HKIFF에서 오프닝 MC를 맡으셨다고 들었습니다. 축하드립니다."

"예. 감사합니다."

"거기에 작품 초청까지 받으셨다고 들었습니다. 그러니까 강 감독님은 초청 감독인 데다 오프닝 MC까지 맡은…… VIP라는 말이 됩니다."

여기까지 듣자 대충 감이 온 강찬은 흠, 하는 소리와 함께 의자에 몸을 기댔다. 그러자 김민기가 테이블 쪽으로 몸을 기울이며 말을 이었다.

“그런데 이코노미 티켓과 2성 호스텔을 지원받으셨다고 들었습니다.”

“소문이 참 빠르네요.”

“저희 사이에 숨길 일도 아니잖습니까? 그런 의미에서 L 기업 문화산업전략팀이 호텔과 비행기 티켓을 지원해 드리려 합니다.”

“예?”

“더불어 사는 사회 아닙니까. 어떻게 보면 우리 회사, 문화산업전략팀의 얼굴 같은 분인데 그런 분이 이코노미에 타서 호스텔에 머무는 걸 보고 있을 순 없죠.”

이건 또 무슨 변수란 말인가.

강찬은 김민기의 눈을 지그시 바라보았지만, 그 또한 강찬의 눈을 응시할 뿐 별다른 기색을 보이진 않았다.

‘뭐지?’

김민기는 L 기업, 문화산업전략팀의 팀장이다. 국내에서라면 어느 정도 영향력이 있지만, 홍콩 국제 영화제까지 영향을 끼치긴 힘든 사람.

즉, 홍콩 국제 영화제에서 보낸 이코노미 티켓은 그가 보낸 게 아니라는 뜻이다.

‘단순한 호의인가.’

더불어 강찬을 지지고 볶아보려는 누군가에게 보내는 메시지일 수도 있다. '강 감독은 우리가 케어하고 있다.' 정도의 메시지.

강찬은 이 상황을 이해하기 위해 빠르게 머리를 굴리며 앞에 놓인 찻잔을 들었다.

아메리카노 한 모금을 마신 뒤 잔을 내려놓았을 때, 강찬의 생각이 정리되었다.

"조금 솔직한 대화를 나누고 싶어지는데요."

"솔직한 대화요."

"예. 서로 숨기는 거 없이…… 는 힘들 테니 최소화하고요."

"아무래도 제가 손해 볼 것 같은데 말입니다."

"아까 김 팀장님이 '더불어 사는 세상'이라 하셨잖아요? 그 좋은 세상 저도 한 번 겪어보게 해주시죠."

제 말에 반박을 당한 김민기는 눈을 가늘게 떴다가 이내 쾌활하게 고개를 끄덕였다.

"그러죠."

"누굽니까?"

"예?"

"L 기업이 저를 통해 메시지를 보내려는 대상. 그 사람이 누굽니까?"

강찬의 물음에 김민기의 포커페이스가 무너졌다. 눈썹이 치켜 올라가고 눈이 커진 데다 입까지 조금 벌어진 것이 어지간히 놀란 모양.

"상대할 수 없을 정도로 거대하거나, 상대할 가치가 없었다면 이런 액션도 없었겠죠. 비벼볼 만하다는 생각이 드니 액션을 취하시는 것 같은데. 저는 장기를 두는 걸 좋아하지 장기말이 되는 걸 별로 안 좋아해서 말이죠."

김민기가 어안이 벙벙해져 있는 사이 강찬이 빠르게 말을 이었다.

"영화가 완성되려면 감독도 중요합니다만, 배우에게 감독이 원하는 바를 정확히 알려주는 것도 중요합니다. 영화의 완성도와 직결되는 부분이죠."

"……그렇죠."

"HKIFF에서 뭘 얻으려 하는 겁니까?"

김민기는 표정을 숨기기 위해 미간을 짚었다가 이내 얼굴을 쓸어내렸다. 그리곤 짧은 한숨을 쉬며 말했다.

"말씀드리겠습니다. 그 전에 도대체 어떻게 아신 겁니까?"

"팀장님이 미국까지 직접 찾아오셔서 호의를 베푼 것. 거기서 시작되었습니다. 사람은 원하는 게 있지 않은 이상 호의를 베풀지 않습니다. 비즈니스 관계라면 더더욱. 그래서 생각하다 보니 이런 결론이 나온 겁니다. 김 팀장님 반응을 보니 제 말이 얼추 들어맞은 모양이군요."

강찬은 미소를 지었고 김민기는 당했다는 듯 짧게 혀를 찼다.

'쉽게 볼 사람이 아니라는 건 알았지만…….'

이 정도일 줄이야. 영화를 만드는 감각이 뛰어나다는 것과 말을 잘한다는 것 또한 어느 정도는 알고 있었다.

하지만 알고 있는 것과 직접 겪어보는 것은 다르다.

'수를 읽는 것도 뛰어나다.'

그가 촉망받는, 그리고 뛰어난 영화감독만 아니었다면 스카웃하고 싶을 정도로. 잠시 다른 생각을 하던 김민기는 이내 고개를 젓고선 강찬과 눈을 맞추었다.

"아시겠지만 저희 L 그룹은 대한민국 문화산업 외에도 전 세계적으로도 문화산업을 벌이고 있습니다. 그리고 몇몇 국가에서는 호의적인 반응 이상의 반응을 끌어내고 있죠. 대표적으로 동남아 쪽 국가들입니다."

L 그룹뿐만 아니라 여러 그룹이 문화산업의 해외 진출을 노리고 있지만 신통치 않은 상황이다. 개중 그나마 나은 것이 L 그룹. 그리고 앞으로 전망이 밝은 것도 L 그룹이었다.

강찬이 L 기업을 선택한 이유에는 이것도 포함이 되어 있었다.

문제는 동남아 쪽은 멀리 보는 투자라는 것.

사람으로 보자면 이제 갓 태어난 아이에게 분유를 먹이고 걸음마를 가르치고 있는 것과 다름이 없다.

이 아이가 자라서 취직하고 돈을 벌기까지 얼마나 들어갈지는 아무도 모르는 상황.

"그래서 중국 쪽 진출을 노리시는 겁니까?"

"비슷합니다."

본론을 꺼내기 위해 제반 지식을 설명하는 순간, 본론이 무엇인지를 파악하고 질문을 던지는 강찬의 모습에 김민기는 짧은 숨을 내뱉었다.

"중국이라……."

강찬과 L 기업, 그리고 HKIFF가 무슨 연관이 있을까, 하고 생각해 봤지만 적절한 답안이 떠오르지 않았다.

강찬은 조급함 대신 여유로운 표정을 지은 채 김민기의 뒷말을 기다렸다. 어차피 그의 입에서 나올 답안이었으니까.

"솔직히…… 라고 말씀하셨지만 어디까지 말씀드려야 할지가 문제군요. 일단 손을 쓴 사람은 장등위입니다."

"장등위요."

이름은 들어본 적 있다. IT 산업에 천부적인 재능으로 마흔이 조금 넘는 젊은 나이에 돈방석에 오른 여자다.

만약 IT 쪽에서 머물렀다면 강찬이 그녀의 이름을 기억하고 있지 않을 터, 그녀는 천문학적인 재산을 이용해 중국 영화시장에 손을 뻗기 시작한다.

'외국 영화 수입에 앞장서던 사람이었지.'

강찬의 기억으로 그 시점이 2000년대 초중반, 그러니까 이제 막 영화시장에 발을 들여 덩치를 키우고 있을 시점이다.

"아시나 봅니다?"

"들어본 적만 있습니다."

장등위의 이름을 듣자 L 기업과 장등위가 무슨 생각을 하고 있을지가 머릿속에 그려지기 시작했다.

그리고 그 사이에서 가장 중요한 말이 되어버린 이 상황에 강찬이 얻을 수 있는 이득까지도.

'그럼 괜찮은데?'

빠르게 생각을 정리한 강찬의 입가에 미소가 번졌고 그것을 본 김민기는 묘한 긴장감을 느끼며 의자를 끌어 앉았다.

생각지도 못한 기회를 잡을 수도 있다는 생각에 미소를 짓던 것도 잠시, 강찬의 시선이 김민기에게로 향했다.

그리고 얼마 전, 배혜정의 집에서 그녀가 해주었던 말이 떠올랐다.

-조심해야 할 사람이란 걸 알고 있으니 다행이네요.

그 뒤로 백중혁에게 두 사람 사이에 어떤 접점이 있느냐 물었고 별다른 접점이 없다는 답장을 받았었다.

'쉽게 생각할 일이 아니다. 방심하지 말자 강찬.'

김민기가 보여주는 감정은 거짓이 아니라는 생각이 들었지만 그렇다고 그가 말하는 모든 것을 믿을 순 없었다.

말 그대로 서로의 이익을 추구하는 비즈니스 관계니까.

"저를 통해 장등위와 교두보를 놓겠다. 이런 식으로 이해해도 되는 겁니까?"

"예."

"그럼 왜 그녀가 활약할 기회를 주지 않는 거죠?"

지금 장등위가 쓴 시나리오대로라면 그녀는 '백마 탄 여왕' 놀이를 하려고 하고 있다.

만약 그녀와 친해지기 위해서라면 그녀의 시나리오대로 흘러가도록 두어야 할 터.

"어차피 강 감독이 쳐낼 거라는 생각이 들어서 말입니다. 제가 볼 때 강 감독은 주도권 잡기를 아주 좋아하는 사람입니다. 그걸 잘 하기도 하고 말이죠. 그런 강 감독이 장등위의 시나리오대로 움직여줄 거라는 생각은 들지 않았습니다."

김민기의 말에 강찬은 살짝 고개를 끄덕였고 그는 말을 이었다.

"그리고 우리 L 기업이 어떻게 진행하자, 하고 말씀드려도 그대로 해주실지도 미지수고 말입니다. 그래서 가장 안전한 방법을 선택한 겁니다. 강 감독님이 하려는 방법에 수저만 얹는 방식으로 말입니다."

이번에는 강찬의 눈이 커졌다.

"거기까지 수를 두셨을 거라곤 생각 못 했네요."

"저도 이 이야기를 강 감독님께 하게 될 거라곤 생각도 못

했습니다."

미소를 지은 두 사람의 눈이 마주쳤을 때, 마침 음식이 서빙되기 시작했다.

"벌써 음식이 나왔네요. 제가 더 알아야 할 게 있나요?"

강찬이 물수건에 손을 닦는 사이, 김민기는 고개를 저었다.

"굳이 말씀드릴 필요가 없을 것 같습니다. 그저 저희에게 도움이 되는 방향으로 진행해 주셨으면 감사하겠습니다."

L 기업의 김민기가 원하는 건 교두보일 것이다. 강찬을 통해 이야기의 장을 만들고 중국으로 진출하기 위한 다리를 만드는 것.

장등위가 원하는 것은 아직 확실하지 않다.

하지만 그 여자의 성격과 사업 진행 방향을 보면 대충 예상할 수 있었다.

'해외영화 수입에 박차를 가하고 싶겠지.'

하지만 공산국가인 중국은 영화뿐만 아니라 문화산업 전체를 검열하는 것으로 유명하다.

게다가 중국에서 수익이 100이 나면 7~80% 심하면 90% 이상을 중국 쪽에서 가져가 버린다.

그렇기 때문에 거대한 영화시장의 규모에 비해 감독이나 제작자들은 중국을 기피하는 아이러니한 상황이 벌어지고 있다.

자국의 영화 산업이 가진 문제점을 깨우친 중국은 이것을 타파하기 위해 한 가지 묘수를 내는데, 그게 바로 돈이다.

할리우드에서 굵직한 영화가 제작된다는 소문이 들리면 돈 가방을 들고 찾아가 막대한 금액을 투자해 버리는 것.

중국을 등한시하던 이들은 그들의 어마어마한 자금력에 넘어갔고 얼마 후의 할리우드에서는 중국 배우와 중국 제품, 그리고 중국을 배경으로 하는 영화들이 수두룩하게 개봉하게 된다.

'결국, 필요한 건 계기인데.'

장등위는 강찬을 계기, 그러니까 시발점 정도로 생각하고 있을 가능성이 컸다.

강찬과 유니버셜에 투자함으로써 할리우드에 발을 걸치고 점점 더 영역을 넓혀나갈 교두보로.

'둘 다 교두보라.'

천천히 되짚어보면 두 사람 모두 강찬에게 필요한 이들은 아니다. 하지만 그들을 이용한다면 중국과 한국, 양국에서의 운신이 편해질 터.

천천히 고개를 끄덕인 강찬은 대답을 기다리는 김민기를 바라보며 말했다.

"중국, 함께 가시죠."

"……예?"

"그게 베스트 아닙니까? 전 제 할 일에 집중할 수 있으니 좋고, 김 팀장님은 김 팀장님의 바람대로 교두보를 놓을 기회를 잡게 되니까요."

말이야 바른 말이지만, 속은 다르다. 결국, 강찬은 두 사람을 연결해 놓고 사이에서 떨어지는 떡고물을 받아먹겠다는 속셈.

그 속내를 단박에 알아챈 김민기였지만 거절하기에는 너무 달콤한 제안이었다.

"음식 식겠네요. 드시면서 이야기 나누죠."

"아, 그러죠."

빠에야를 한 주걱 떠서 자신의 접시에 담은 강찬은 맛을 음미하는 사이, 생각에 잠겨 있던 김민기가 무겁게 고개를 끄덕였다.

"어떤 역할로 가게 되는 겁니까?"

"제 사업 파트너로 가시게 될 겁니다."

파트너, 결국 강찬 대신 결정을 내릴 권리는 없다. 강찬을 패로 써서 그녀와 협상을 하되 결정을 내릴 때는 강찬의 허락을 받아야 하는 것.

결국, 웃음을 참지 못한 김민기는 입을 가린 채 크게 웃었다.

"정말 대단하십니다."

"감사합니다."

김민기는 엄지를 척 하고 세우더니 이내 정장 소매를 걷고 음식을 자신의 접시로 옮기며 말했다.

"강 감독님과 대화를 나누다 보면 전쟁을 치르고 돌아오는 병사가 된 기분입니다."

"저도 마찬가지, 항상 긴장하고 있습니다."

김민기는 여유가 넘치는 강찬의 얼굴을 보고선 이내 고개를 휘휘 저었다.

"항복입니다. 중국 함께 가시죠."

"네. 재미있는 여행이 되겠네요."

그제야 미소를 지은 강찬이 먼저 손을 내밀었고 김민기는 강찬의 손을 쥐었다.

3월 18일, 강찬은 예정보다 하루 일찍 비행기에 올랐다.

'잘만 하면…….'

마진, 간단히 말하자면 원가와 판매가 사이의 차익을 뜻한다. 강찬이 노리는 것이 바로 마진이었다.

유니버셜과 장등위 사이에 서서 마진을 챙길 수 있다면, 강찬의 ATM은 그 마진만으로도 폭풍과 같은 성장을 할 수 있을 것이었다.

지금의 ATM은 강찬의 영화만 제작하고 있지만 언젠가는 그의 제자 두 사람의 영화도 제작해야 할 것이고 그러기 위해서는 지금부터 대비해야 한다.

제작과 유통, 판매까지 한 번에 해결할 수 있는 회사가 되는 것이 최종 목표.

단순한 제품의 제작이 아닌 영화라는 복잡한 제품의 제작이기 때문에 지금의 회사 크기로는 불가능하다.

CG팀을 꾸리지 않고 있는 이유도 여기에 있었다. 회사의 크기가 작고 보여준 것이 적기 때문에 선뜻 함께 일을 하려는 이들이 부족하다.

'중국 영화를 수입하고, 또 중국에 수출하는 루트를 독점할 수 있다면…….'

물론 독점은 불가능에 가깝다. 중국 시장의 규모가 규모이다 보니 여러 유통사가 목메고 있는 시점이기 때문.

하지만 장등위와 유니버셜, 그리고 자신의 영화라면 독점까진 아니더라도 어느 정도 물길을 트는 정도는 가능할 터.

그 물길에 편승하는 것만으로도 일확천금, 그 이상의 효과를 볼 수 있을 것이었다.

김민기가 끊어준 퍼스트 클래스 좌석에 앉아 생각을 정리하고 있을 때, 옆자리가 부산스러워지는 걸 느낀 강찬이 눈을 떴다.

"……김 팀장님?"

"반갑습니다. 자리는 편하십니까?"

"아, 예. 그런데 여긴 어쩐 일로 오셨습니까?"

"중국, 같이 가자고 하셨습니까."

"도착해서 만나는 게 아니고요?"

"여기서 홍콩까지 13시간인데, 혼자 가면 심심하실까 봐 왔습니다."

능청스레 대답한 그는 제 몸통만 한 서류 가방에서 서류들을 꺼내 테이블에 올리기 시작했고 강찬은 그런 모습을 보며 창밖으로 고개를 돌렸다.

한국에서 미국까지 11시간, 다시 미국에서 홍콩까지 13시간.

총 25시간을 자신을 위해 냈다고 생각하자 불편한 감정이 느껴졌기 때문.

'이것도 전략인가.'

자신에게 불편한 감정을 느끼게 해 배려를 하게 만들려는 방법일 수도 있다 생각하자 미안하던 감정이 싹 사라졌다.

"안 PD님, 처음 뵙겠습니다. L 기업 문화산업 전략팀장 김민기입니다."

대충 자리를 정리한 김민기는 안민영에게 명함을 건네며 인사했고 안민영 또한 자리에서 일어서 인사를 나누었다.

그 뒤로 별다른 이야기는 없었다. 김민기는 강찬과 안민영이 보라는 듯, 장등위 그리고 그녀가 보유한 회사들에 대한 서류를 보고 분석하고 업무를 보았다.

관심이 생긴 강찬이 몇 가지 묻자 그는 성심성의껏 대답해 주었고 그 대가로 술이나 한잔 사달라는 소탈한 모습을 보였다.

과연 소탈하게 끝날까는 모르겠지만, 그렇게 13시간의 비행이 끝나고 강찬을 포함한 세 사람은 홍콩 국제공항에 도착했다.

입국심사를 마친 강찬과 두 사람이 출국장으로 나왔을 때.

"……음?"

게이트를 나선 강찬은 발에 못이라도 박힌 듯 멈추었다. '강찬'이라는 이름이 쓰인 팻말을 든 사람 수십이 그를 바라보고 있었기 때문.

그들은 강찬이 나온 것을 발견하자마자 '와아아!', '꺄아아!' 같은 환호를 내뱉으며 강찬의 이름을 연호했다.

'내가 중국에서 이 정도로 인기가 있었나?'

하는 생각도 잠시, 검은 양복에 선글라스를 찬 경호원들이 다가와 그와 안민영, 그리고 김민기를 둘러싼 채 이동을 시작했다.

"김 팀장님이 준비하신 겁니까?"

"아뇨. 저는 강 감독님이 대기시킨 경호원인 줄 알았습니다만."

강찬의 시선이 자연스레 안민영에게로 향했지만, 그녀도 아니라고 고개를 저었다. 그렇다면 누가?

귀가 먹먹할 정도의 환호 속 인파 사이에서 강찬은 경호원들이 이끄는 대로 이동할 수밖에 없었다. 그렇게 공항 밖까지 나왔을 때.

"준비하신 게 아니라고요."

"예. 아닙니다. 확실히."

세 사람의 앞에서는 거대하다는 말이 어울릴 정도로 긴 리무진이 기다리고 있었다.

김민기 또한 자신보다 한 뼘은 큰 경호원들 사이로 주변을 둘러보는 모습을 보니 적잖이 당황한 모습.

거짓말을 하는 것 같지는 않았다. 그렇다면 갑자기 일어난 이벤트라는 것.

강찬은 주변에 몰린 팬들과 경호원, 그리고 검은 리무진을 바라보았다.

어림잡아 백 명은 넘을 것 같은 팬들 덕에 옴짝달싹할 수 없는 상황에 앞에는 그들을 위해 준비된 리무진.

자연스럽게 진행되는 상황 속 어색함이 느껴지는 이유는 누군가가 만든 상황이기 때문일 터.

"장등위."

"응?"

"이벤트를 어지간히 좋아하는 사람인가 봅니다. 우리가 '백마 탄 여왕님' 작전에 어울려주지 않으니까 이렇게라도 하려는 것 같은데요."

그제야 장등위와 이 상황의 상관관계를 깨달은 안민영이 아, 하는 소리와 함께 고개를 끄덕였고 김민기는 미간을 찌푸렸다.

"납치당하는 기분인데."

"팬들 때문에 택시도 못 탈 것 같습니다. 일단은 리무진에 타고 장등위가 어떻게 나오는지를 보는 게 좋을 것 같은데요."

"강 감독님 생각이 그러시다면 그렇게 합시다."

김민기는 생각이 정리되자 리무진을 향해 성큼성큼 걸어갔고 대기하고 있던 기사분이 문을 열어 주었다.

'장등위.'

그녀가 보여준 두 번의 액션, 거기에 김민기가 보던 자료들까지 더해지자 어떤 사람인지, 어떤 성향을 가진 사람인지가 대충 파악이 되었다.

'쉽지 않겠어.'

허영심과 야망, 두 가지로 이루어진 사람이라면 컨트롤하기 편하다.

하지만 두 가지의 탈을 쓰고 검은 속내를 감추는 사람이라면 어려울 터.

장등위는 지금의 자리까지 자수성가로 올라온 사람, 결코 쉬운 상대는 아닐 것이다.

'또, 한 번 해보자.'

큰 기로다. 이번 일만 해낸다면 더 빠르게 성장할 수 있을 터. 강찬이 다짐을 다지는 사이, 부드러운 소음과 함께 세 사람을 태운 리무진이 출발했다.

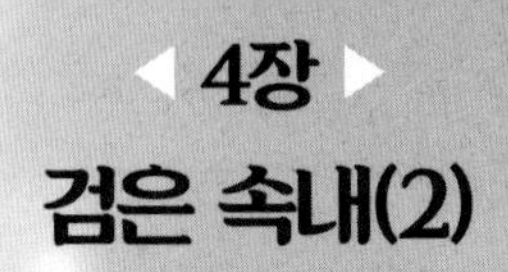

4장

검은 속내(2)

강찬이 스폰서를 두지 않는 이유는 간단했다. 그가 만든 회사, ATM이 가진 자본력만으로도 자신의 영화를 제작하는 데 있어서 모자람이 없었고 다른 이의 간섭을 받고 싶지 않았기 때문.

하지만 회사의 크기가 커지면 커질수록 욕심이 생겼다.

현재 보유하고 있는 현장 스태프와 보조 스태프뿐만 아니라 CG팀, 배급까지 자신의 손으로 하고 싶어진 것.

생각이 달라진 이유는 강찬에게는 다른 이를 발아시킬 수 있는 능력이 생겼기 때문이었다.

자신의 사람들을 모두 발아시켜 성장할 수 있다면 어떤 회사들보다 능률이 나올 것이고 그들과 함께라면 100억 관객이라는 목표에 닿기 더욱 쉬워질 것이 분명하다.

'중간 마진도 줄일 수 있고.'

이때 필요한 것이 자본, 그리고 든든한 뒷배다.

지금이야 유니버셜이 있지만, 그들은 강찬과 같은 직종의 회사다. 즉, 경쟁사이며 강찬의 ATM이 성장하면 성장할수록 유니버셜과 부딪힐 일이 많아진다.

그렇기에 언제까지 유니버셜을 뒷배로 둘 수 없는 지금, 중국의 거물이 접촉해 온 것이다.

'장등위를 뒤에 두고 중국, 그리고 할리우드에 다리를 놓는다.'

그 마진으로 회사를 성장시키고 할리우드에서 제일가는 영화 제작 겸 영화유통사. 거기에 영화감독까지.

모든 일의 초석이 되는 자리가 만들어진 것이다.

'가장 중요한 건 장등위를 설득하는 건데.'

장등위가 자신에게 원하는 것이 무엇인지를 파악하고 원하는 것을 얻어내는 자리가 되어야 한다.

"후."

생각을 정리한 강찬이 한숨을 내쉬자 옆자리에 앉아 리무진을 구경하던 김민기가 물어왔다.

"무슨 생각을 그렇게 하십니까?"

"장등위에게 얻어내야 하는 것, 그리고 어디까지 내어줘야 하나…… 뭐 이런 것들이죠. 김 팀장님은 편안해 보이시네요?

이런 리무진 많이 타보셨나 봐요."

"이런 고급 리무진은 저도 처음입니다."

"그래요? 의외네요."

"제가 그런 이미지였습니까?"

강찬이 살짝 고개를 끄덕이자 김민기는 안민영을 바라보며 눈빛으로 물었다.

리무진 한쪽에 비치된 양주를 바라보던 안민영마저 동의하자 김민기는 허, 하고 웃으며 말을 이었다.

"칭찬으로 듣겠습니다. 그건 그렇고 도착했나 봅니다."

그의 말에 창밖을 바라보자 거대한 빌딩 숲이 시야를 가득 메웠다. 리무진은 곧 그랜드 하얏트 호텔의 입구에 도착해 멈추어 섰다.

'여기인가?' 하고 있을 때, 도어맨들이 나와 차의 문을 열어주고 그들의 캐리어를 꺼내 들어주었다.

그리고 도어맨들의 선두에서 검은 정장에 코트를 걸친 사내 한 명이 다가와 말했다.

"안녕하십니까. 륭장 컴퍼니의 마현동입니다."

륭장 컴퍼니, 장등위의 회사명이었다. 마현동은 유창한 한국어로 그들을 안내했고 안민영은 눈을 둥그렇게 뜨며 작게 속삭였다.

"확실히 대접받는 느낌이네."

짐을 들어주는 사람만 셋에 한국어를 하는 룽장 컴퍼니의 사람까지. 장등위의 세심한 준비가 엿보이는 장면이었다.

체크인마저 모두 되어 있는 것인지 마현동은 거침없이 엘리베이터 앞에 섰고 뒤로 돌며 말했다.

"궁금한 점, 없으십니까?"

"많았습니다만 방금 그 질문으로 없어졌습니다. 감사합니다."

제일 앞에 서 있던 강찬이 답하자 마현동의 입가에는 부드러운 미소가 지어졌다.

"과연, 직접 모실 가치가 있는 분들이시군요. 가시죠."

우리를 여기까지 데려온 사람이 누구인지, 어째서 데려온 것인지, 이렇게까지 해주는 이유가 무엇인지.

보통 사람이라면 물어보겠지만, 안민영이나 김민기, 그리고 강찬은 사회생활에 찌들대로 찌들었으며 자신의 자리를 확고히 다진 이들이다.

눈치만 따지자면 100단인 사람 셋이 모여 있으니 굳이 설명을 듣지 않더라도 상황파악을 모두 끝내놓은 것.

짧은 대화로 그것을 캐치한 마현동이었기에 별다른 말 없이 그들을 최상층으로 안내했다.

최상층에 도착하자 커다란 문이 있었고 문의 양쪽으로는 검은 양복을 입은 사내 둘, 그리고 여자 한 명이 서 있었다.

"그럼 나중에 뵙겠습니다."

마현동이 인사를 마치고 뒤로 물러서자 말총머리를 한 여자가 한 걸음 앞으로 나오며 말했다.

"회장님이 기다리고 계십니다. 들어가시죠."

'기본적으로 몇 개 국어를 할 수 있을까?' 하는 생각이 들 정도로 완벽한 한국어 발음을 들으며 세 사람은 방으로 들어갔다.

벽면 전체가 통유리로 되어 홍콩의 스카이라인이 훤히 내려다보이는 뷰가 제일 먼저 눈에 들어왔고, 그다음 통유리 앞에 선 채 한 손에는 와인을 들고 서 있는 여인이 눈에 들어왔다.

"반가워요."

반만 올려 묶은 머리 덕에 얼굴보다 흰 목선이 먼저 눈에 들어왔다.

쉰에 가까운 나이라고는 보이지 않는 얼굴이었지만 연륜에서 나오는 우아함과 기품이 느껴지는, 그런 여자였다.

'보이는 걸 중요시하는 사람이구나.'

처음 부린 수작부터 리무진, 거기에 방금 통유리 앞에 서 있던 것까지. 자신의 이미지를 어떤 식으로 만들어야 할지 아주 잘 아는 여자였다.

"안녕하세요. 강찬입니다."

강찬과 두 사람이 영어로 인사를 하고 준비된 소파에 앉자 입구에서 보았던 비서가 차를 가져다주었다.

"제가 한국어는 아직 서투른지라 통역과 함께해도 괜찮을까요?"

"저희도 영어는 가능합니다. 영어로 하시죠."

"그럼 그렇게 하는 거로."

잠시 대화가 멎자 장등위의 갈색 눈동자가 세 사람을 훑었다. 편한 복장의 강찬과 정장 차림의 김민기와 안민영까지.

"HKIFF 쪽에서 실수가 있었던 점부터 사과드릴게요. 그래서 무례를 무릅쓰고 바로 이쪽으로 모셨답니다. 오는 길은 편하셨나요?"

"예. 호의에 감사드립니다."

자신이 부린 수작은 실수로 덮고 넘어가자는 것에 강찬이 동의하자 그녀가 환한 미소를 지으며 말을 이었다.

"숙소와 교통편 모두 준비해 두었으니 돌아가시는 날까지 편하게 이용하시면 돼요. 필요한 게 있으시면 수행원들한테 말씀하시고요."

"그렇게 하죠."

사과의 의미로 베푸는 호의까지 거절할 필요는 없다. 그러자 장등위는 한층 편해진 표정으로 김민기를 바라보았다.

"L 기업 이야기는 많이 들었어요. 그런데 강 감독과 함께 올 거라고는 생각 못 했네요."

말이야 곱지만, 결국 L 기업 사람이 왜 이 자리에 끼어 있냐는 단도직입적인 물음이었다.

하지만 김민기는 당황하지 않고 유려한 미소를 지으며 답했다.

"개인적으로 영화를 좋아해서 말입니다. HKIFF에 참가해 보고도 싶고, 마침 휴가도 남아 있어 강 감독과 함께하게 되었습니다. 그리고 중국 영화계에서 가장 안목이 밝다 소문난 장등위 회장님을 만나 뵙고 이야기를 나누어볼 기회를 놓치고 싶진 않았습니다."

"저를 만나 이야기를 나눈다는 확신이 있었나 봐요?"

김민기는 대답 대신 미소를 지었다. 모두가 알고 있는 사실을 굳이 확인할 필요가 없다는 의미.

"재미있네요."

"이해해 주시니 다행입니다."

장등위는 잠시 김민기를 바라보다 이내 강찬을 바라보았다. 그리곤 방금까지 짓고 있던 미소를 싹 지우고선 말했다.

"강 감독님."

"예."

"제가 알기로 강 감독님은 스스로의 손으로 성을 일구었어요. 맞나요?"

"성이라……."

강찬은 잠시 생각하는 듯 천장을 바라보았다가 이내 장등위와 눈을 맞추며 답했다.

"성의 설계도를 그린 건 제가 맞습니다. 하지만 저 혼자 한 게 아닙니다. 적재적소에서 저를 도와준 분들이 계셨고 그런 분들을 만날 수 있었기에 성을 완성할 수 있었습니다."

"교과서 같은 대답이네요."

"사실을 말씀드렸을 뿐입니다."

"아뇨. 마음에 든다는 뜻이었어요. 설계도를 그렸다는 대답이 참 마음에 와닿네요. 결국, 설계도를 그리는 이가 뛰어나야 성이 완벽해지는 거니까요."

"설계도가 아무리 완벽해도 설계도만으로는 아무것도 할 수 없습니다. 모두가 함께 어우러져야 한다 생각합니다."

"그것도 맞죠."

장등위는 강찬의 얼굴을 뜯어보듯 이리저리 바라보다 물었다.

"할리우드는 어떤가요?"

"좋습니다."

"좋다라…… 그 대답도 마음에 드네요. 좋겠어요."

그녀는 입속으로 '할리우드, 할리우드' 하고 몇 번을 되뇌더니 말했다.

"할리우드, 영화인들에게 그보다 매력적인 단어가 있을까요?"

다른 이에게 물었다기보다는 다음 말을 위한 운을 띄우는 느낌, 세 사람이 대답하지 않자 장등위가 말을 이었다.

"나아가 할리우드에서 제작되는 영화에 어떠한 이유로라도 참가할 수 있다면, 더할 나위 없는 영광이겠죠. 나는 그래서 강 감독이 부러워요. 젊다가 아니라 어리다는 말이 어울릴 정도의 나이에 벌써 자신의 성을 일구었다는 사실이, 심지어는 자신의 손으로 일군 성이잖아요."

"감사합니다. 그런데 질문 하나 드려도 되겠습니까?"

"그럼요."

"언제라도 하실 힘이 있으시지 않습니까."

장등위는 천천히 고개를 저었다.

"나는 욕심이 많은 사람이에요. 그것도 아주. 단순히 '투자자'라는 단어로 내 이름을 올리고 싶었다면 진즉에 이루어냈겠죠."

그녀 말대로 굳이 규제가 심한 중국에 회사를 차리면서까지 할 필요가 없이 할리우드에 돈만 쏟아부으면 자신의 이름을 올릴 수 있다.

"하지만 그러고 싶지 않아요. 아까 말한 대로 난 욕심이 많거든요."

"어떤 욕심입니까?"

"중국 영화시장을 할리우드처럼 만들고 싶어요."

생각보다 큰 야망, 강찬은 소파에 묻어두었던 허리를 펴며 그녀와 눈을 맞추었다.

"나쁘게 말하려는 건 아닙니다만, 중국은 공산주의 국가입니다. 그리고 공산주의적 규제가 있는 이상 다양성이 있는 영화는 나오지 못하고……."

"알아요. 발언의 자유가 없는 나라에서 예술을 하는 것처럼 멍청한 짓은 없죠. 죽거나 다칠 뿐이니까. 그래서 중국의 유명한 예술가들은 전부 해외로 망명하는 형편이고요. 나는 그게 보기 싫어요. 우리 중국은 언제든 세계 최고가 될 준비가 되어 있는데, 그들은 나라를 바꾸려 들지 않죠. 그저 도망칠 뿐이에요."

아무리 깨어 있는 사람이라도 몇천 년 동안 핏줄 속에 쌓여온 민족성은 어쩔 수 없는 모양, 그녀의 중화사상을 들은 강찬이 그녀에게 물었다.

"그럼 회장님께서는 바꿀 수 자신이 있으신 겁니까?"

"아뇨. 중국의 체제는 한 사람이 바꿀 수 있을 정도로 무르지 않아요."

생각 외로 단호한 대답에 강찬의 고개가 모로 꺾였다. 그러자 장등위가 말을 이었다.

"하지만 단초, 시발점은 될 수 있겠죠. 그리고 나의 욕심은 그거에요. 그 단초로 이름을 남기는 것."

장등위를 바라보던 강찬의 눈이 동그래졌다. 다른 이들 또한 마찬가지. 마치 이 자리에서 이야기를 들을 자격이 없다는 느낌이 문득 든 안민영은 자세를 공손히 하며 들고 있던 찻잔을 내려놓았다.

반면 김민기는 기회를 보고 있었다.

그는 중국인이 아니다. 즉, 제지를 당하더라도 금전적 손해만 볼 뿐 큰 타격은 없을 터.

그러니 이 사업에 낄 수만 있다면.

하이 리스크 하이 리턴, 그 리스크에 목숨을 집어넣을 정도라면 리턴은 얼마나 클까.

김민기가 계산에 빠진 사이 강찬의 동공은 제 크기를 되찾았고 그의 입이 열렸다.

"처음에는 제가 들어도 될 이야기인지 싶었습니다."

"지금은 다르다는 이야기 같네요."

"예. 중국에서 태어나시고 자라시며 모든 것을 보아온 분께 리스크를 설명하는 것만큼 멍청한 짓은 없으니 하지 않겠습니다. 그렇다면 돌아오는 것에 대해 생각해야 하는데. 너무 매력적이군요. 마치 할리우드라는 단어처럼."

"그렇게 들렸나요?"

"예. 그리고 제게 이 이야기를 들려주신 이유를 고민해 보았습니다. 지금 장 회상님이 필요하신 건 거대한 기업 혹은 큰돈이 아닙니다."

"어째서죠? 힘이 있는 이들, 그리고 돈은 언제든 도움이 될 텐데요."

"그들은 규제를 받습니다. 하지만 작은 규모의 기업이 중국에서 스타트업을 한다면, 그리고 아래부터 차근차근 올라가며 성장한다면. 거기에 장 회장님의 적당한 리베이트, 뜻을 같이하는 이들이 생기고 그들이 요직에 앉아 하나씩 바꾸어 간다면……."

자신의 야망을 이야기하면서는 미소를 보이지 않던 장등위는 미소를 지으며 강찬 대신 그의 말을 마무리 지었다.

"가능하겠죠."

"저는 중국 내 사정을 잘 모릅니다. 말 그대로 외국인이니까요. 그래서 얼마나 힘든 일인지, 성공할 가능성이 얼마나 될지는 잘 모릅니다. 하지만 쉽지 않을 거라는 것 정도는 알고 있습니다."

가능성은 희박하다.

아니, 강찬이 살아 있는 동안 이 계획이 진척되는 것을 볼 수 있을지도 미지수다. 하지만 한 가지는 확실하다.

그녀와 함께한다면 중국 영화시장은 강찬의 것이 될 수 있다. 강찬에게 중요한 것은 중국 영화시장의 할리우드화도, 장등위의 야망도 아니다.

'100억 관객이 더 가까워진다.'

한국에 천만 영화가 있다면 중국은 1억 영화가 있다. 오로지 중국에서만 1억 명 이상의 관객을 확보한 영화를 칭하는 단어.

한 편을 찍을 때마다 중국에서 1억 관객이 확보된다면?

더 생각할 것도 없었다.

"하지만 그 기회에 함께할 기회가 주어진다면, 저는 그 기회를 잡고 싶습니다."

장등위와의 대화 후, 강찬의 방. 세 사람은 위스키를 한 잔씩 들고 테이블에 둘러앉아 있었다.

방에 들어오자마자 술이 당긴다며 위스키를 꺼내든 안민영은 연거푸 두 잔을 스트레이트로 마시더니 입을 열었다.

"장 회장이 말한 거, 그게 과연 가능할까?"

"상관없습니다."

대답은 강찬이 아닌 김민기에게서 나왔고 그는 강찬을 바라보며 '내 말 맞지 않느냐.' 하는 표정을 지었다.

"상관이 없다고요?"

"강 감독님이 저와 같은 생각을 하고 계신다면, 그렇습니다."

설명이 필요하다는 안민영의 시선이 강찬에게 닿았을 때 강찬이 고개를 끄덕였다.

"예. 김 팀장님의 말이 맞아요. 장 회장과 함께 걷긴 하겠지만 그녀와 우리가 추구하는 노선은 목적지가 다르죠. 그녀는 자신의 야망을, 우리는 우리의 야망을 추구할 거니까요."

"가는 길이 비슷하다고 같은 열차를 타기는 너무 위험한 노선 아니야?"

"리스크는 있지만, 그렇게 위험하다고 보이진 않아요."

"외국인이니까?"

"예."

"그런데 장 회장이 그걸 모를까?"

"알겠죠. 우리가 몸을 사리면서 움직일 거라는 걸, 그러니까 직접적으로 말한 걸 테고요. 간단히 정리하자면 그녀에게 필요한 건 '하나의 계기'라고 생각해요. 중국 시장에 새로운 바람을 불어다 줄 계기죠. 우리가 성공하든 실패하든 상관없어요. 만약 우리가 실패한다면 다른 이를 데려다 쓰면 되니까."

장등위의 입장에서는 강찬과 ATM을 소모품이라고 생각할 수도 있다. 아니, 그럴 가능성이 컸다.

하지만 강찬은 밟고 올라서 최고가 될 기회를 보고 있었으면 있었지 소모품으로 닳아 없어질 생각이 없었다.

"하긴, 타임지에 이름을 올릴 정도의 중국 거부가 보기에 ATM 정도는 작은 회사로 보이겠구나."

안민영은 모르겠다는 듯 세 번째 잔을 들이켰다. 그리곤 머리를 쓸어 넘기더니 작은 한숨을 쉬었다.

"긍정적으로 보죠. 무한히 성장할 기회를 잡았다는 쪽으로."

장등위는 자신의 큰 그림인 야망까지 들먹이며 굉장히 거창

하게 말을 늘어놓았다. 여기서 중요한 것은 야망이 아니다.

그녀와 함께하면서 생길 리스크와 리턴, 두 가지뿐.

"이제부터는 그런 거부가 우리를 지원하는 겁니다."

"하고 싶은 모든 걸 할 수 있겠네."

"이를테면 웨타 디지털을 살 수도 있겠죠."

웨타 디지털, 할리우드 시각효과 스튜디오 중 2강에 들며 최고의 실력을 가진 회사. 그들을 ATM에 데려오는 꿈 같은 일을 현실로 만들 수 있다.

강찬의 말을 들은 안민영은 헛웃음을 흘리며 소파에 몸을 기대었다.

"가능하겠네."

모든 팀을 ATM에 집중시킬 순 없겠지만 최우선 순위를 언제든 확보할 수 있을 정도의 영향력은 행사할 수 있을 터.

안민영은 믿기지 않는다는 듯 얼굴을 쓱쓱 쓸어 올렸다. 그리고 그때, 김민기가 말했다.

"판이 너무 커져서 어디서부터 손을 대야 할지를 모르겠습니다."

그가 원한 것은 중국 거부와의 호의적인 관계 정도일 터, 그런 뒤에 한국 영화를 중국에 수출하는 정도를 원했을 텐데 그의 말대로 판이 너무 커졌다.

"생각해 보니 공항에 있던 팬들도 장 회장이 동원한 걸 수도 있겠네요. 이 정도 이슈는 있어야 언론의 귀추가 주목될 테니."

"그럼 장 회장은 처음부터 우리가 수락할 거라고 생각했다고?"

"가능성일 뿐이지만 그럴 수도 있다고 봐요. 워낙 큰 그림을 좋아하는 사람이니까요."

강찬의 대답에 안민영은 그럴 수도 있겠다. 말하며 고개를 끄덕였다. 잠시 대화가 끊기고 위스키만 오갈 무렵, 강찬이 짝, 하고 손뼉을 치며 말했다.

"내일부터는 또 바쁠 테니 오늘은 여기까지 하죠. 한나절 비행기 타고 와서 바로 머리를 쓰려니까 피곤하네요."

그의 말에 고개를 끄덕인 두 사람이 자리에서 일어났고 그렇게 홍콩 일정의 첫날이 마무리되었다.

그 후, 장등위는 HKIFF(홍콩 국제 영화제)의 준비를 위해 떠났고 강찬은 그녀의 비서와 변호사들을 만나며 구체적인 계약에 대해 이야기를 나누었다.

ATM과 릉장 컴퍼니의 파트너쉽 체결은 순풍에 돛을 단 듯 순조롭게 흘러갔으며 그사이 강찬은 ATM의 변호사들, 그리고 백중혁과 향후 계획을 세웠다.

그렇게 시간이 흘러 HKIFF 개막 전 날.

강찬이 HKIFF 개막식 리허설을 위해 준비를 마치고 안민영과 함께 로비로 내려왔을 때. 기다리고 있다는 듯 다가온 이가 물었다.

"외출하십니까?"

"예. HKIFF 리허설이 있어서."

"잠시만 기다려 주십시오. 차를 준비시키겠습니다."

3분이나 지났을까, 준비되었다는 말에 입구로 나가자 전에 보았던 기다란 리무진이 그의 앞에서 기다리고 있었다.

홍콩 내 일정을 다니며 몇 번이고 타본 리무진이었지만 그렇다고 익숙해지는 건 아니었다.

"돌아가면 매니저 한 명 뽑아야겠어요."

"전부터 뽑으라니까."

"확실히 편하긴 하네요."

물론 리무진급은 아니겠지만, 언제까지 택시만 타고 다닐 순 없는 노릇. 운전과 스케줄을 관리해 주는 매니저 겸 비서를 둬야겠다는 생각이 들었다.

"오."

HKIFF 개막까지 하루 남은 홍콩은 마치 축제를 앞둔 아이처럼 도시 전체가 활기를 띠고 있었다.

영화제에 초청받은 작품들의 포스터가 여기저기 붙어 있었으며 HKIFF의 홍보 전단 또한 도시 여기저기에서 눈길을 끌고 있었다.

"과연 중국인가."

"그러게. 스케일이 어마어마해."

커다랗다기보다 거대하다는 말이 어울릴 정도, 그리고 화려하기 그지없는 전시물들을 보다 보니 어느새 HKIFF 개막식장에 도착했다.

"감사합니다."

"아뇨. 제가 해야 할 일인데요."

어느새 내린 리무진의 기사는 '대기하고 있겠습니다'라는 말과 함께 허리를 숙여 인사하고선 차로 돌아갔다.

"어디로 가요?"

"잠깐만."

안민영이 어디론가 전화를 하고 몇 분이나 지났을까, 세 명의 사내가 두 사람을 향해 헐레벌떡 달려왔다.

왜 저렇게 달리지, 라는 의문이 들 때쯤 제일 늦게 도착했으나 가장 앞에 선 사내가 숨을 헐떡이며 말했다.

"안녕하십니까. 이번 HKIFF 오프닝 무대를 총괄하고 있는 PD 위대훈입니다."

슬슬 벗겨져 가는 이마와 후덕한 턱살, 커다란 풍채를 지닌 마흔 줄의 사내, 위대훈은 뒤에 함께 온 이들까지 소개해 주었다.

“이쪽 두 명은 함께 일하고 있는 PD 두 명입니다.”

“왕한입니다. 만나 뵙게 되어 영광입니다.”

“이야기 많이 들었어요. 장소운이에요.”

세 사람의 정체가 총괄 PD와 두 명의 서브 PD라는 걸 알게 된 안민영은 눈을 크게 뜨며 강찬을 바라보았다.

‘왜 이 사람들이 마중을 나와?’ 하는 그녀의 표정을 본 강찬은 대충 고개를 끄덕여준 뒤 인사를 받았다.

“반갑습니다. 영화감독 강찬입니다.”

“ATM의 안민영이에요.”

“오신다는 연락은 들었는데 이렇게 일찍 오실 거라곤 생각 못 해 마중이 좀 늦었습니다. 죄송합니다. 이해해 주시면 감사하겠습니다. 그럼 이쪽으로 오시지요.”

“예.”

극진하다는 말이 어울릴 정도의 태도에 안민영은 몸 둘 바를 모르고 있었다. 하지만 강찬은 그 이유를 눈치챈 듯 여유로운 걸음으로 메인 PD 위대훈의 뒤를 따라 걸었다.

곧 다섯 사람이 도착한 곳은 대기실이었다. 대기실은 두 사람이 쓰기에는 너무 넓다는 생각이 들 정도로 거대했다.

방만 4개가 따로 있었으며 샤워실과 드레스룸, 침실이 따로 꾸려져 있을 정도.

“여기가 대기실인가요?”

"예. 한 시간을 계시더라도 집처럼 편하게 계실 수 있도록 준비해 뒀습니다."

"감사합니다."

"그럼 편히 쉬고 계십시오."

오프닝 무대를 총괄하고 있다, 즉 프로듀서 겸 감독이라는 뜻.

"FD가 나올 줄 알았는데 의외네. 오프닝 무대 총괄 PD면 메인 PD 겸 감독일 텐데, 그런 사람이 직접 나올 줄이야."

"그러게요. 장 회장님 입김이 세긴 한가 봅니다."

"아직 기사 한 줄 안 떴는데 벌써 입김이 돌 수가 있나."

"이쪽 업계 좁은 거 아시잖아요. 도는 건 끝나고 진위여부 확인한 다음에 줄 서고 있겠죠. 아니면 장 회장이 직접 말했을 수도 있고."

말하다 보니 후자 쪽이 더 가능성 클 것 같다는 생각이 들었다. 이 사람 내 사람이다, 하고 점을 찍어두는 것만으로 자신의 입지를 여실히 보여줄 수 있을 테니.

"그게 더 장 회장 스타일에 맞네요. 큰 그림 그리고, 보여주는 거 좋아하는 그런 스타일."

"참 대단한 사람이야."

테이블을 가득 채우고 있는 간식 중, 견과류를 한 줌 집은 안민영은 다람쥐처럼 하나씩 까먹으며 말했다.

"하나 줄까?"

"아뇨."

"맛있는데. 이건 뭐지?"

"그러다 살찝니다."

"난 좀 쪄야 해."

"하."

강찬의 한숨을 한 귀로 흘린 안민영이 빈둥거리는 사이, 강찬은 리허설 큐시트를 보며 동선과 카메라의 위치를 파악했다.

그렇게 5분이나 지났을까. 누군가가 문을 두들겼다.

"PD님인가."

"그렇겠죠? 들어오세요."

들어오라는 말에 강찬의 방으로 들어온 이는 PD가 아니었다.

한눈에 인원이 파악되지 않을 정도로 많은 인원, 강찬은 눈으로 한 명씩 새어 본 후에야 그들이 아홉 명이며 아이돌 같은 옷을 입고 있다는 것을 알아챘다.

"저희는 BEEZ9입니다! 안녕하십니까!"

한국 아이돌들의 구호처럼 그룹명을 크게 외친 그들은 허리를 꾸벅 숙였다. 반쯤 드러누워 간식을 집어 먹던 안민영은 몸을 벌떡 일으켰고 강찬 또한 어안이 벙벙한 얼굴로 그들을 바라보았다.

그러자 리더로 보이는 사내 하나가 걸어 나오며 말했다.

“이번 HKIFF 개막식에서 강 감독님 뒷차례로 축하 공연을 맡게 된 BEZZ9입니다! 잘 부탁드리겠습니다!”

돌아가는 상황을 보니 대충 중국 보이그룹 아이돌로 보였다. 인사를 하러 온 것도 알겠고. 그런데 왜?

“아, 예. 반갑습니다. 저도 잘 부탁드리겠습니다.”

짤막한 인사 후 그들은 다시 한번 ‘팬입니다!’, ‘감사합니다!’ 등 어수룩한 한국어를 내뱉고선 폭풍처럼 사라졌다.

“……뭐지?”

“왜 아이돌 그룹이 인사를 오는 거야.”

“그러니까요.”

당황한 감정을 추스르기도 전, 또 누군가가 문을 두들겼다. 방금 그들이 무언가를 두고 갔나 하는 생각에 문을 열었고.

“안녕하세요! 저희는 GZU11입니다!”

11명의 걸그룹이 방으로 들어와 인사를 하고 앨범을 건네주었다.

“어, 반갑습니다.”

그렇게 네 팀쯤 맞이한 강찬은 문을 열고 나가서 대기실 밖 상황을 보았다.

‘……미친.’

대기실 바깥으로는 강찬에게 인사를 하기 위해 서 있는 사람들의 줄이 있었다.

방금 들어올 때까지만 해도 없던 줄이니 10분 만에 생긴 줄이라는 뜻.

짧은 한숨과 함께 방으로 들어온 강찬이 안민영에게 말했다.

"밖에 줄 서 있어요."

"강 감독한테 인사하려고?"

"정황상 그런 것 같은데요."

"……와. 장 회장님 진짜 스케일 하나는 끝내주네. 이것도 그 사람이 벌인 거겠지?"

"그렇겠죠."

말 한마디로 이 많은 사람을, 그것도 연 하나 없는 사람들을 움직일 수 있는 위치라니. 장등위 회장의 입지를 새삼 느끼는 것도 잠시.

"너무 많은데요."

"그래도 인사하겠다고 찾아온 사람들 돌려보낼 순 없잖아."

"그게 문제죠."

묘수를 생각해 보던 강찬은 결국 답을 도출해내지 못하고 문을 열었다.

"중국에서 활동하고 있는 배우, 연청청이라 합니다. 잘 부탁드리겠습니다."

"감독 양홍이오. 잘 부탁드리외다."

나이는 10대부터 60대까지, 직업은 아이돌부터 영화감독, 배우와 연예인 등. 오늘 리허설에 참가한 모든 이들이 인사를 하러 온 느낌이었다.

거의 한 시간에 걸친 인사 끝에 모든 사람을 만나고 인사하고 선물을 받고 덕담을 하고 사인을 주고받은 강찬은 리허설이 시작되기 전부터 파김치가 되어 소파에 늘어졌다.

"지금 인터넷 난리다."

"예?"

"강 감독하고 사진 찍은 연예인들이 전부 다 강 감독 태그해서 올리고 있거든. 중국 실검 1위가 강 감독이야."

확인할 여력도 남지 않은 강찬은 그대로 눈을 가리고 실소를 흘렸다.

"이게 권력의 맛이라는 건가."

권력과 돈, 모두를 가진 사람의 말 한마디로 강찬은 중국 내에서도 유명해져 버렸다. 그것도 단 한 시간 만에.

리허설을 마치고 호텔로 돌아가는 리무진 안, 강찬은 녹초가 된 몸을 시트에 뉘었다.

"무슨 일인가 싶네요."

리허설을 하는데 사용된 시간은 20분 남짓이었지만 강찬을 찾아온 이들과 인사를 나누고 그들의 소개를 받는 데만 두 시간이 넘게 걸렸다.

이렇게 많은 이들이 찾아와 인사를 하고 또 자신의 얼굴을 기억해 달라고 한 것은 강찬도 처음이었다.

“미국에서 인기를 얻고 한국 처음 들어갔을 때보다 엄청나네요.”

받은 명함만 50장 이상, 강찬에게 명함을 건넨 이들의 대부분이 기획사 사장급이라는 것을 생각해 보면 어마어마한 수였다.

다시 한번 장등위의 저력에 혀를 내두르고 있을 때, 안민영이 말했다.

“대단한 나라야.”

자본주의 사회만 겪어온 강찬과 안민영에게 중국은 새로운 경험이었다. 그리고 그것으로 강찬은 확실히 깨달았다.

“이 정도 영향력을 가진 사람을 등에 업었으니 중국에서의 흥행은 걱정 안 해도 되겠네요.”

“걱정이 뭐야, 기대를 해야지.”

중국의 티켓 파워가 꽃피는 때는 2016년 작품인 미인어, 그리고 2017년 작품인 전랑 2가 있다.

주성치 감독의 미인어 같은 경우에는 중국에서만 5억 불을,

그리고 전랑 2는 8억 5천만 불의 수익을 올리며 중국 시장의 성장을 세계에 알리는 작품이 된다.

물론 중국 특유의 코드가 듬뿍 담긴 작품들이기에 월드박스 오피스에서의 흥행은 저조했지만, 중국 내에서의 수익만으로도 월드박스 오피스의 수익을 무시할 수 있을 정도가 되었다.

그런 시장을 2010년 초반에 장악할 수 있다면, 거기에 월드박스 오피스까지 한 번에 정복할 수 있다면?

28억 불에 가까운 흥행을 올린 제임스 카메론의 영화, 아바타와 같은 흥행도 노려볼 수 있을 터.

'최상의 결과다.'

이번 중국행으로 얻을 수 있을 것이라 생각했던 것은 기껏해야 중국 영화인과의 인맥 정도였다. 그런데 그 이상, 말 그대로 '최상'의 결과를 얻어냈다.

강찬은 장등위, 아니, 중국 거대 자본이라는 카드를 어떻게 사용해야 최대한의 이득을 볼 수 있을지를 고민을 시작했다.

그렇게 얼마나 지났을까, 리무진이 호텔에 도착할 때쯤, 그의 핸드폰이 울렸다.

"강찬입니다."

-감독님, 가스파르입니다.

"예. 가스파르. 어쩐 일이십니까?"

-어제 촬영분 메일로 보냈는데, 읽으셨다는 확인만 뜨고 답

장이 없어서요. 혹시 수정해야 할 부분이나 재촬영할 부분이 있나요?

"아, 촬영분은 다 확인했고 선작업 할 부분만 체크해서 보냈는데 메일이 안 갔나 봅니다. 인터넷이 불안정하더라니. 호텔 돌아가는 대로 다시 보내드리겠습니다."

-넵. 그리고 133번 씬 있지 않습니까. 거기서…….

가스파르와 디아나가 강찬의 빈자리를 메워주고 있긴 하지만 두 사람으로는 부족한 부분이 있을 수밖에 없었다.

그의 궁금증을 해결해 주고 앞으로 일정에 대해 말해준 강찬은 전화를 끊은 뒤 컴퓨터에 전원을 넣으며 기지개를 켰다.

"몸이 두 개면 참 편할 텐데 말이야."

영화 촬영을 하며 편집을 하고 후반 작업을 하며 연기까지 한 번에 할 수 있다면.

거기에 시상식에 참가하고 인맥 관리까지 동시에 처리할 수 있다면 얼마나 좋을까, 하고 생각하던 강찬은 고개를 휘휘 저었다.

"일이나 하자."

그의 손길을 기다리는 파일들이 바탕화면을 가득 메우고 있었다. 강찬은 가스파르에게 메일을 보낸 뒤 편집을 시작했고, 그의 방은 다음 날 아침이 될 때까지 불이 꺼질 줄 몰랐다.

다음 날, HKIFF의 개막식 현장.

수많은 스타가 레드카펫 위를 걸어 행사장으로 들어오고 있었다. 성룡과 판빙빙 등 셀러브리티들이 등장할 때마다 수많은 카메라가 플래시를 터뜨려댔고 관객들의 환호가 이어졌다.

뒤이어 강찬이 리무진에서 내렸을 때.

"와아아!"

"강 감독이다!"

여느 셀러브리티들과는 비교도 되지 않을 카메라 플래쉬와 환호가 터져 나왔다.

마치 누군가가 강찬에게 이목을 집중시키기 위해 사람이라도 준비해놓은 모양새.

엄청난 환호성에 사람들의 이목은 자연스레 강찬에게 집중되었고 그는 어색한 미소를 지은 채 레드카펫을 걸었다.

'장등위…….'

한 번 일할 때 정말 제대로 하는 여자였다.

만약 한국 혹은 다른 나라였다면 이런 식의 눈 가리고 아웅하는 쇼를 할 순 없었을 것이다. 동원된 누군가가 '그거 다 쇼였다'라고 폭로해 버리는 순간 이미지가 폭락할 테니.

하지만 이곳은 중국, 그런 걱정을 할 필요가 없는 나라였다.

"안녕하세요. 강찬입니다."

레드카펫을 지나 포토월에 선 강찬은 기자들을 향해 손을 흔들고 인사를 건넸다. 몇 분의 포토 타임 뒤 행사장으로 들어서자 어제 보았던 PD가 달려 나와 그를 맞이했고 넓은 대기실로 안내되었다.

"방송 출연 요청도 엄청 왔는데 할 거야?"

"시간이 될까요?"

"강 감독이 좀 고생하면 가능하긴 하지."

"그럼 하죠. 이왕 이미지 메이킹 하는 거 제대로 하고 돌아가는 게 좋을 것 같네요."

"오케이. 그럼 굵은 거로 하나만 하자."

"그렇게 진행해 주세요."

강찬에게 컨펌을 받은 안민영이 전화를 하는 사이, 그는 대본을 읽으며 중국어를 연습했다.

홍콩에서 진행되는 행사의 오프닝을 맡은 만큼 중국어로 인사 정도는 해야겠다는 생각이 들었기 때문이었다.

곧 현지 코디네이터들이 들어와 머리 손질과 화장을 해주었고 30분쯤 지났을 때.

"스탠바이 부탁드립니다."

스태프가 들어와 행사의 시작을 알렸다.

"그럼 다녀올게요."

"잘 하고 와."

대기실을 나서 무대 뒤편에 선 강찬은 마이크를 찬 채 머릿속으로 대본을 숙지했다. 그리고 PD가 오케이 사인을 보낸 순간 무대 위로 올라섰다.

"안녕하십니까. 홍콩, 그리고 전 세계 영화인 여러분. HKIFF의 개막을 맡게 된 영화감독 강찬입니다."

스포트라이트가 강찬을 비추었고 인사와 함께 짧은 박수가 이어졌다. 유려한 중국어로 행사의 시작을 알린 강찬은 영어로 다음 말을 이어갔다.

"아시아 영화인들의 축제, HKIFF 오프닝을 맡게 되어 영광입니다. 이 자리에 모인 모든 여러분께 감사의 인사를 드리며 본격적으로 HKIFF를 시작해 볼까 합니다. 이번 33회 HKIFF는……."

대본에 쓰인 대로 행사의 개요를 읊은 강찬은 깔끔한 진행 실력을 선보이며 오프닝 멘트를 끝마쳤다.

"앞으로 있을 3주간의 축제를 함께 즐겨주시길 바랍니다. 감사합니다."

강찬이 멘트를 끝내고 내려가자 중국 유명 가수가 올라와 축하 무대를 꾸몄고 곧 개막작의 상영이 시작되었다.

무대를 내려와 안민영이 기다리고 있는 테이블로 향한 강찬은 그곳에서 기다리고 있는 사람을 보곤 입술을 깨물었다.

"장 회장님."

"멋진 오프닝 무대였어요."

그녀는 짧은 박수로 그의 무대를 칭찬한 뒤 자신의 옆자리를 가리켰다. 강찬이 자리에 앉자 그녀가 말을 이었다.

"어때요?"

주어가 없는 질문이었지만 의도를 이해할 수 있었다. 자신의 호의가 어떻냐는 질문이겠지.

"좋았고 기대가 됩니다."

"생각보다 깔끔한 감상평이네요."

"더 길게 할까요?"

"아뇨. 전 깔끔한 게 좋아요."

장등위의 등장만으로 주변 시선이 온통 강찬의 테이블로 쏠리고 있었다. 그런 시선을 즐기듯 천천히 와인을 한 모금 마신 장등위는 잔을 내려놓으며 말했다.

"더 필요한 건 없으신가요?"

"많죠."

"말씀해 보세요."

만리장성을 사달라고 해도 '흠, 그 정도면 되나요?' 하고 대답할 만큼 여유가 느껴지는 말투, 강찬은 그녀의 호의를 부담스러워 할 생각이 없었기에 최대한의 배팅을 던졌다.

"웨타 디지털이 필요합니다."

"의외의 대답이네요."

"어떤 대답을 생각하셨습니까?"

태연자약한 두 사람의 대화에 안민영의 눈이 동그래졌다. 웨타 디지털을 마치 동네 구멍가게 과자 이름처럼 이야기하는 강찬이나 그것에 대해 '그 정도야 뭐.' 하고 대답하는 장등위나.

그녀가 놀라는 사이 장등위는 빙글 미소를 지으며 답했다.

"따로 답안이 있는 질문은 아니었어요. 단지 물질적인 걸 원할 거라곤 생각을 못 했을 뿐이죠."

"이런 기회가 자주 찾아오진 않을 것 같아 최대한의 것을 불러봤습니다."

"좋네요. 그런 마인드."

그녀는 살짝 고개를 끄덕이더니 뒤에 서 있는 비서에게 중국어로 무어라 지시했다. 그녀가 대화를 나눌 때.

강찬은 문득 궁금해졌다.

'저 여자의 머리 위에는 몇 개의 씨앗이 있을까.'

의문이 든 순간, 강찬은 그녀의 머리 위를 바라보며 집중했고 곧 그녀의 머리 위에 피어 있는 붉은 꽃이 눈에 들어왔다.

'매화…….'

지금까지 보아온 모든 발아의 식물들은 환한 빛을 뿜고 있어 그 색이 드러난 것을 본 적이 없었다.

한데 장등위가 가진 발아의 식물, 매화는 붉었다.

그리고 무엇보다 아름다웠다. 붉은빛을 은은히 뿜어내며 만개해 있는 매화는 어느 발아의 식물보다 아름답게 피어 있었다.

“오늘 머리에 신경 쓰긴 했는데, 그렇게 뚫어지게 볼 정도인가요?”

장등위의 물음에 강찬은 고개를 저었다가 이내 끄덕였다.

“아름다우시네요.”

“강 감독 말 중에 가장 진심이 느껴지는 말이네요. 고마워요.”

외모에 대한 칭찬을 받을 거라 생각하지 못했는지 장등위는 입을 가리며 웃었다. 그리곤 강찬과 눈을 맞추며 말했다.

“웨타 디지털에 대한 보답인가요?”

“진심입니다.”

“흠…… 이런 강 감독도 남자네요.”

강찬은 대답 대신 미소를 지으며 그녀와 눈을 맞추었다. 두 사람 사이의 미묘한 기류를 보고 있던 안민영은 ‘설마…….’ 하는 표정을 지었다가 이내 고개를 저었다.

“그럼 전 일어나볼게요. 즐거운 시간 되세요.”

“네. 호의에 감사드립니다.”

“투자라고 해두죠.”

등장할 때처럼 홀연히 자리를 뜬 장등위의 뒷모습을 바라보던 안민영은 강찬에게 물었다.

"강 감독, 갑자기 막 취향이 바뀌고 그런 거 아니지?"

"……예?"

"장 회장 보는 시선이 예사롭지가 않던데."

"무슨…… 그런 거 아닙니다."

안민영의 말속에 숨은 뜻을 읽은 강찬은 정색하며 답했다. 그러자 안민영은 눈을 돌리며 말했다.

"그럼 다행이고. 아까 연락 왔는데 방송일정 잡혔어. '분투'라고 CCTV에서 하는 토크쇼인데 성공하기까지의 과정과 노하우, 인생 철학 같은 걸 주제로 해. 주로 방청객하고 대화를 나누면서 그 사람들의 인생에 대한 조언도 해주는 그런 프로그램인데 들어본 적 있어?"

"예. 들어본 적 있어요."

CCTV는 중국의 방송 채널 중 하나로 한국으로 따지자면 지상파 3사와 같은 위치를 지닌 방송사다.

게다가 '분투'라면 중국에서도 최고의 인기를 구가하고 있는 토크쇼.

"어떤 식으로 진행되는지 잘 몰라서 영상 달라 했으니까 호텔 돌아가면 한 번 봐보고."

"네."

안민영과 대화를 나눈 뒤 개막작을 보기 시작한 지 얼마나 지났을까, 장등위가 떠난 것을 확인한 셀러브리티들이 하나둘씩 강찬의 테이블로 찾아와 인사를 건넸다.

결국, 강찬은 개막작을 제대로 보지도 못한 채 사람들과 대화를 나누어야 했고 개막작이 끝남과 동시에 호텔로 돌아왔다.

개막식 이후, 홍콩에서의 일정은 단순했다.

관심 있는 작품들을 찾아보고 강찬의 영화가 상영되는 관을 찾아가 팬들과 인사를 하고 무대인사를 진행했다.

그 과정에서 수많은 팬과 스타들이 인산인해를 이루었음은 굳이 말하지 않더라도 당연한 일이었다.

그리고 출국 전날, 강찬은 CCTV 방송국을 찾아 CCTV의 토크쇼, '분투'에 출연했다.

"요즘 중국 전역을 떠들썩하게 만든 감독이 있습니다. 수많은 영화인, 그리고 영화 팬들의 가슴을 울린 감독이기도 하죠. 젊은 나이에 엄청난 성공, 그리고 부를 거머쥐었음에도 휴식이라는 것을 모르는 것처럼 달리는 사내, 강찬 감독을 모셨습니다."

"안녕하세요. 강찬입니다."

방청객들의 박수와 함께 토크쇼가 시작되었다. 토크쇼는 강찬이 자라온 환경과 그가 성공할 수 있었던 계기 등, 인간 '강찬'에 대해 이야기를 나누는 방식으로 진행되었으며 그의 이야기가 끝나자 강찬과 비슷한 고민을 가진 방청객들과 이야기를 나누는 챕터로 넘어갔다.

"진부한 이야기입니다만, 유비무환이라는 말이 있습니다.

준비가 되어 있으면 두려울 것이 없다는 사자성어죠."

"참 좋은 말이죠."

"예. 제 인생의 모토이기도 한 말입니다. 사람은 모든 것에 대비할 수는 없습니다. 하지만 최선을 다할 순 있죠. 어떤 일이 벌어지기 전, 최대한의 준비를 해놓을 순 있습니다. 그렇게만 할 수 있다면, 찾아온 기회를 놓치는 일은 없을 겁니다."

"강찬 감독님의 성공 비결을 정리하자면 유비무환이 되겠네요."

"그렇습니다."

MC의 깔끔한 진행과 강찬의 언변으로 방송은 깔끔하게 진행되었고 녹화는 안정적으로 마무리되었다.

'분투'의 녹화 이후, 강찬은 홍콩에서의 마지막 밤을 보낸 후 미국으로 돌아왔다.

그리고 일주일 후.

중국의 방송 채널 CCTV를 통해 강찬이 출연한 토크쇼'분투'가 방송되었다.

강찬을 모르는 사람에게는 강찬을 알리는 방송이, 그리고 그를 알고 있던 이들에게는 인간 '강찬'이 어떤 사람인지를 알려주는 방송이었다.

이런 기회를 놓칠 리 없는 ATM 홍보담당 파라는 곧바로 영상을 받아 편집에 들어갔고 곧 유튜브와 ATM 홈페이지에 그의 영상을 업로드했다.

대중은 그가 방송에서 보여준 진솔함, 그리고 그가 자라온 환경에 공감하며 하나둘씩 댓글을 달았다. 뿐만 아니라 자신들의 지인들에게 보여주기 위해 공유하기 시작했고 영상은 하나둘씩 퍼져나갔다.

1. 강찬

2. 강찬 분투

3. 영화감독 강찬

'분투'의 방송과 파라의 영상이 공전의 히트를 기록하며 3개의 키워드가 미국과 한국, 중국의 대형 웹사이트 상위권을 장악했을 때.

"오케이, 컷! 모두 수고하셨습니다!"

6개월에 걸친 '닥터 프랑켄슈타인'의 촬영이 드디어 마무리되었다.

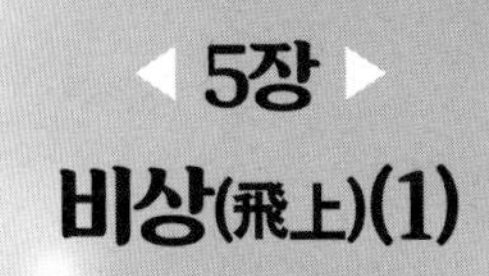

5장

비상(飛上)(1)

영화 개봉이 석 달도 남지 않은 지금, 강찬이 이슈가 된 것은 호재 중의 호재였다.

'분투'에 출연한 강찬의 편집 영상을 올린 파라는 실시간으로 조회 수가 올라가는 것을 보며 함박웃음을 짓고 있었다.

"중국 쪽 반응이 정말 엄청나요."

그녀의 말이 아니더라도 강찬의 핸드폰이 불을 뿜을 기세로 진동해대고 있었다.

"안 PD님이 또 한 건 하셨네."

"아, 설마 '분투' 출연 잡아주신 게 안 PD님이세요?"

"예."

강찬의 말에 파라는 깜짝 놀랐다는 듯 말했다.

"세상에. 그거 출연 따는 게 그렇게 힘들다는데. 어떻게 그 짧은 일정에서 따셨대요?"

"그래요? 안 PD님 말로는 출연 제의가 왔다고 하던데."

"아, 그럴 수도 있었겠네요. 이번에 강 감독님 덕분에 중국 언론이 들썩이는 수준을 넘어서 아주 뒤집혔으니까요."

남의 입으로 듣는 칭찬은 언제 들어도 부끄럽다. 게다가 강찬이 주도한 상황도 아니고 남의 의지에 휩쓸려 벌어진 일이라 더욱이나.

"할 일이 많아지셔서 좋으시겠습니다."

"그럼요. 안 그래도 영화 촬영 도중에는 할 일이 없어서 심심했었거든요. 그래서 이런 것도 만들었어요."

호기심이 동한 강찬이 몸을 내밀자 파라가 노트북에 화면을 띄워주었다.

"이거 한 번 봐주실 수 있나요?"

"뭔데요?"

"티저 트레일러요."

그녀가 내민 노트북에 떠 있는 파일은 총 2개였다. 이름은 Teaser 1, 2. 강찬은 지체 없이 1번을 재생했다.

그리고 재생된 것은 '닥터 프랑켄슈타인'의 티저 영상이었다. TV에서 볼 수 있는 흔한 영화의 티저.

'닥터 프랑켄슈타인'의 장면 중 중요한 장면을 피하면서도 흥미를 유발할 수 있는 장면들을 짜깁기해 만든 30초짜리 맛보기용 티저 영상.

그저 맛보기일 뿐인 영상이었지만 발아 능력을 가지고 있는 그녀의 손길이 닿자 흥미를 끄는 스킬이 느껴졌다.

단순히 폭발 장면을 보여주는 것이 아닌, 폭발 직전까지 고조되는 긴장감을 유지하다가 폭발 장면에서 문구를 삽입하며 장면을 멈추어 버린다.

티저를 보는 사람들은 당연히 '다음 장면이 보고 싶다'라는 생각을 하게 되고 그 순간, 등장한 문구를 집중해서 읽으며 다음 장면을 기다리게 된다.

그리고 다음 장면은 기대한 것을 그대로 보여주는 폭발.

티저 영상의 교과서로 써도 될 만한 영상이었다.

"꽤 좋은데요?"

"진짜요? 걱정했는데 다행이네요."

사고를 치고 걱정하는 강아지 같은 눈을 하고 있던 파라는 안도의 한숨을 내쉬었다.

그사이 강찬은 두 번째 영상을 재생했고.

"전가요?"

"네."

어두운 배경 안, 붉은 소파에 앉은 사내가 다리를 꼬고 앉아 있었다. 사내의 얼굴이 있어야 할 위치에는 '강찬'이라 쓰인 종이가 합성되어 사내의 얼굴을 확인할 순 없었다.

"만약 이게 채택되면 강 감독님이 직접 출연해 주시는 게 좋을 것 같아서요."

"일단 보죠."

재생 버튼을 다시 누르자 소파에 다리를 꼬고 앉은 강찬의 대역이 대사를 시작했다.

-안녕하십니까. 강찬입니다. '지킬 앤 하이드.' 이후 1년 만이네요. 이번에 제가 제작한 영화는 '닥터 프랑켄슈타인'입니다.!

대사를 마친 사내가 한 손을 들었다. 그러자 화면이 페이드아웃되며 '닥터 프랑켄슈타인'의 장면이 5초 정도 지나간 뒤 다시 사내가 등장했다.

-이번 영화 '닥터 프랑켄슈타인'은 프랑켄슈타인 박사와 그가 만든 괴물, 둘 사이를 조명하는 영화입니다. 동명 소설을 기반으로 제작되었지만, 저만의 색다른 해석이 가미되어 있습니다. 이를테면 이런 장면이죠.

다시 한번 '닥터 프랑켄슈타인'의 장면이 5초 정도 삽입되었다. 그리고 다시 사내가 등장했다. 그는 어느새 자리에서 일어서 있었다.

-개봉일은 N월 N일입니다. 그럼 극장에서 뵙겠습니다.

사내의 말과 함께 30초도 되지 않는 짧은 티저 영상이 끝났고 강찬은 오, 하는 감탄사를 뱉었다.

"새로운데요?"

"그렇죠? 감독님은 어지간한 배우들보다 유명하고 티켓파워도 가지고 계시니까 이런 식으로 이미지를 사용해 보면 어떨까 하는 생각이 들어서 만들어봤어요."

"정말 잘 만드셨어요. 이런 식의 이미지 사용은 생각도 못 해봤습니다."

발상의 전환. 질리도록 들은 말이지만 정작 실천하기는 힘들다. 하지만 천재들은 밥 먹듯 쉽게 해낸다.

마치 지금의 파라처럼.

"대단하네요. 아주 좋아요."

"그 정도예요?"

"예. 당장에라도 티저로 쓰고 싶을 정도로요."

강찬의 칭찬에 파라는 금방이라도 방방 뛸 듯 기뻐했다.

"그런데 당장은 못 쓰겠네요."

"……예?"

"일단 이번 티저는 1번으로 가죠."

"왜요? 2번 티저가 더 괜찮다고 하신 거 아닌가요?"

"그렇긴 한데요. 유니버셜에 이런 티저를 주기는 아까워서 말이죠. 남은 3편 다 찍고 제 이름으로 영화를 찍게 될 그때. 이 티저를 사용하도록 하겠습니다."

생각도 못 한 대답인지 파라의 눈이 동그래졌다. 그리곤 '신이시여.'를 연발하더니 이내 고개를 빠르게 끄덕였다.

"그럼 이번 '닥터 프랑켄슈타인'은 티저 1번으로 진행하겠습니다! 2번은 세이브 해두고요."

"예. 부탁드릴게요."

"맡겨주세요!"

오랜만에 일로서 인정을 받은 파라는 파이팅 넘치게 손을 흔들더니 자리에서 일어섰다.

강찬은 자신의 자리로 돌아가는 파라를 바라보다가 마침 회사로 들어오는 안민영을 발견했고.

"안 PD님."

"네."

"시간 괜찮으세요?"

"사장님이 부르시는데 당연하죠."

"그럼 회의실로 좀 와주세요."

"오케이."

안민영과 함께 회의실로 이동했다.

모든 발판은 완성되었다. 이제 남은 것은 발판을 딛고 날아오르는 것. 유니버셜과 함께한 작품이 메가 히트에 성공했으며 흥행 가도를 달렸다지만 아직 강찬이 원하는 만큼은 아니었다.

'남은 세 개를 빠르게 털고 나만의 세계를 만든다.'

유니버셜과의 작업, 그리고 IG의 인수와 장등위와의 계약까지. 이 모든 것을 지나오며 강찬은 한 가지 계획을 세웠다.

'나만의 유니버스.'

전 세계적 흥행으로 어마어마한 수익을 올린 '아바타'는 독자적인 세계관과 아름다운 영상미, 그리고 훌륭한 플롯과 시나리오. 모든 박자를 고루 갖춘 영화다.

그뿐만 아니라 후속작의 가능성까지 열어둔 상태이기에 히어로 영화를 만드는 마블 스튜디오나 DC 코믹스와 같이 자신들만의 유니버스를 만들어갈 수 있는 작품.

강찬이 노리는 것이 그것이었다.

아바타, 반지의 제왕, 해리포터와 같은 완벽한 세계관을 창조하고 그 안에서의 이야기를 다루며 시리즈물로 제작하는 것.

각본을 쓰는 것이 가장 큰 난관이었지만 지금부터 준비해

세 편의 영화를 찍을 동안 가꾸어 간다면 할 수 있을 것이다.

'거기에 능력까지 더해진다면.'

강찬에게 '발아'라는 희대의 능력이 있긴 하지만 혼자의 힘으로는 부족할 수도 있다. 그렇기에 필요한 것이 인재들.

그의 아이디어를 각본으로 만들어주고, 강찬이 쓴 각본을 보고 더 나은 방향으로 고쳐나갈 각색가와 시나리오 라이터들을 구하는 것이 첫걸음이 될 것이었다.

"회사 규모를 얼마나 키우려고?"

강찬의 포부를 죽 듣고 있던 안민영이 진심이냐는 듯 물어왔고 강찬은 담담히 답했다.

"어마어마하게요."

"어마어마하게. 좋지그래. 강 감독, 이건 그냥 내 의견이니까 일단 들어봐. 우리 회사, 그러니까 ATM은 어떻게 보면 강 감독의 영화만 제작하는 회사잖아?"

"지금은 그렇죠."

"강 감독도 잘 알겠지만, 영화를 제작하는 건 파트가 굉장히 세분화되어 있고 촬영 진행도에 따라 잉여 재원들이 생긴단 말이지."

"예."

"그런데 강 감독은 그 사람들 월급을 챙겨주고 있지?"

"회사에 소속된 사람들이니까요."

"말이야 맞는데, 다른 제작사들이 다 외주로 돌리는 이유를 알잖아?"

그녀가 하고자 하는 말을 캐치한 강찬이 고개를 끄덕였다.

영화를 만들어 판매하는 것은 톱니바퀴가 굴러가는 것과 같다. 모든 톱니바퀴가 필요하긴 하지만 그렇다고 모든 시간에 모든 톱니바퀴가 필요한 것은 아니다.

그녀의 말대로 월급은 받는데 하는 일이 없는 잉여 인원이 생기기 마련. 그렇기에 메이저 제작사들은 필요한 인원을 외주로 돌려 작품 단위로 계약을 하기 마련이다.

"물론 회사 보유 자본이 모자란 것도 아니고 앞으로 모자랄 거라고도 생각 안 해. 그래도 낭비라는 생각이 드는 건 어쩔 수 없네."

타당한 논리에 강찬은 '그럴 수도 있죠.' 하고 대답한 뒤 말을 이었다.

"그런데, 낭비는 아니에요. 투자죠."

"투자?"

"예. 지금 제가 가스파르와 디아나를 키우는 이유가 뭐라고 생각하세요?"

"천재 감독의 화풀이용 샌드백?"

"안 PD님이 계시는데 뭐 하러."

농담을 농담으로 받아치자 안민영이 미간을 찌푸렸고 그사이 강찬이 말을 이었다.

"어쨌건 저는 ATM을 저만을 위한 회사로 둘 생각이 아닙니다. 제가 조금 더 영향력 있는 사람이 되었을 때 시작할 생각이고요."

"조금 더 면 언제?"

이제는 강찬뿐만이 아닌, ATM 전체를 프로듀스하고 있는 안민영이었기에 강찬의 말에 눈을 반짝일 수밖에 없었다.

"유니버셜과 계약이 끝난 후 정도가 되겠네요."

"그럼 지금 작가진을 영입해서 유니버셜과 영화 세 편을 찍으면서 키우고, 강 감독 영화를 찍으면서 성장시키면서 작가진을 완성해가겠다?"

서당 개 3년이면 풍월을 읊는다더니, 이제는 척하면 척이다.

"그겁니다."

"크, 그거 좋네."

안민영은 독한 술이라도 들이켠 듯 크, 하는 침음을 흘리며 엄지를 치켜세웠다.

"촬영 A, B 팀은 베테랑급 팀들이고, CG는 세계 최고라는 웨타 디지털을 사 오고, 편집에는 강찬이 직접 가르친 감독 둘에, 이 모든 걸 총괄하는 이가 강찬 감독이라니. 완벽한데?"

"갑자기 얼굴에 금칠하시네."

"말만 들어도 드림 팀 아니야? 여기에 능력 있는 작가진까지 더해져 봐. 공장에서 찍어내듯 막 찍어도 어마어마하게 벌어들이겠는데? 굳이 이름 있는 배우도 필요 없겠어."

강찬의 생각 또한 그러했다.

몸값이 비싼 배우를 쓰는 이유는 많다. 그 이유에는 연기를 잘하는 것도 있고 특유의 분위기 또한 존재한다. 하지만 그중에 가장 큰 것은 그들의 '팬'들 때문.

즉, 티켓 파워다.

몸값이 비싼 배우들은 그만큼의 고정 관객들을 불러들이기 마련이고 초반 흥행에 지대한 영향을 준다.

그런데 감독이 티켓 파워를 가지고 있다면?

굳이 비싼 몸값을 지닌 배우들을 쓸 필요가 없어지는 것이다. 연기의 극에 달한 배우들이야 대체할 수 없겠지만, 강찬의 능력 '발아'가 더해진다면 어느 정도 연기력을 가진 신인 배우들을 무한정으로 발굴해낼 수 있을 터.

"저도 그렇게 생각합니다."

"내가 할 일이 많아지겠는데?"

"어마어마하게요."

안민영은 마음에 든다는 듯 하하, 하고 웃으며 답했다.

"내가 이래서 강 감독을 좋아한다니까."

"이렇게 뜬금없이요?"

안민영은 강찬의 대답은 상관없다는 듯 말을 이었다.

“뭐랄까, 사람한테 꿈을 준다고 해야 하나. 동력원을 줘야 한다고 해야 하나. 그게 그건가? 어쨌거나 뭔가 큰 그림을 보여줘. 근데 그게 또 못할 것 같진 않아. 해내면 성취감도 끝내줄 것 같고 말이지.”

“칭찬으로 듣겠습니다.”

“그럼, 그럼 칭찬이지. 어쨌거나 오케이! 그럼 뭐가 필요한 거지?”

“제가 유니버설 영화 3편 찍는 동안 성장 가능성이 보이는 신인 배우들. 마찬가지로 잠재력을 지닌, 혹은 꽃피우고 있는 작가진이 필요해요.”

강찬의 말을 받아 적은 민영은 ‘오케이.’ 하고선 엄지와 검지를 동그랗게 말았다.

“그럼 끝?”

“예. 그리고 매니저도 한 명.”

“매니저? 전에 싫다며.”

“예. 이번에 장 회장이 붙여준 사람하고 며칠 지내보니까 진짜 편하더라고요. 제 스케줄 관리를 안 PD님이 언제까지 할 수 있는 것도 아니니까요.”

“그것도 그렇지. 직접 면접 볼래?”

“시간이 안 될 것 같은데요. 이제 ‘닥터 프랑켄슈타인’ 시사회도 다녀야 하고 더 바빠질 테니까요.”

"흠. 하긴 이제는 내가 더 한가하겠네. 오케이. 내가 면접 보고 찾아 봐줄게. 원하는 조건 같은 건?"

"뭐 일 잘하는 사람이면 되죠."

"오케이."

안민영은 회의 내용을 정리하고선 자리에서 일어섰다. 그리곤 강찬을 바라보며 씩, 미소를 지었다.

"왜 그렇게 웃어요?"

"이제는 사람 웃는 것 가지고도 시비야?"

"아니. 시비가 아니라……."

안민영은 흐흐흐, 하고 기분 나쁜 웃음을 흘리더니 강찬의 말을 잘라먹고는 '기대해.' 하는 말과 함께 회의실을 나가버렸다.

묘한 부담감에 오한이 돋은 강찬은 뒤 목을 문지르며 그녀가 나간 문을 바라보았다.

"도대체 무슨 일을 벌이시려고……."

영화를 촬영하고 편집하는 것. 즉, 자신만의 세상을 관객들에게 보여줄 준비를 하는 일은 너무나도 즐겁다.

그렇기에 두 편의 영화를 동시 제작하면서도 힘이 든다거나 도망치고 싶다는 생각은 해본 적이 없었다.

"저 장염 걸린 것 같아요."

"이번 인터뷰 끝나고 1시간 정도 시간 있으니까 그때 병원 가서 링겔 맞자."

"장염이 링겔 맞으면 나아요?"

"아니."

"그런데요?"

"꾀병은 낫겠지."

자신을 완벽히 꿰뚫고 있는 안민영의 대답에 강찬은 긴 한숨을 내쉬었다. 그러자 안민영이 말을 이었다.

"대중들이 원하는 게 강 감독인 걸 어쩌겠어. 스타 감독이라는 이름이 가지는 무게라고 생각해."

강찬은 근 일주일 동안 미국과 중국, 그리고 한국을 돌며 방송에 출연하고 있었다.

보통 영화 홍보를 할 때 배우를 조명하는 것과 달리 방송에서 강찬을 원했기 때문.

"으어어어."

앓는 소리를 하고 있긴 하지만 강찬 또한 알고 있었다. 자신이 직접 출연해서 인터뷰하는 게 얼마나 큰 파급력을 지니고 있는지를.

"아, 다음 주 월요일에 새 매니저 올 거야."

"누군지는 아직도 비밀인가요?"

"그럼."

"어느 나라 사람인데요?"

"그것도 비밀."

강찬은 머리를 긁적이다 생각을 포기했다. 어차피 다음 주 월요일이 되면 알 수 있을 터.

생각을 포기하는 김에 이 상황에서 도망칠 궁리까지 포기한 강찬은 곧 있을 인터뷰 대본을 살피기 시작했다.

다음 인터뷰는 '게릴라 데이트'

아무런 사전 정보 없이 리포터와 스타가 번화가에 나타나 길거리를 걸으며 진행하는 인터뷰였다.

팬들과 몇 미터 되지 않는 거리에서 소통할 수 있다는 장점이 있기에 꾸준히 사랑 받아온 인터뷰에 출연하게 된 것이다.

"5분 안으로 도착하겠네. 너무 긴장하지 말고."

고개를 끄덕이긴 했지만, 긴장이 되는 건 어쩔 수 없었다. 그간 팬이라 지칭하는 사람들을 수도 없이 만나보았지만, 이 정도 거리에서 아무런 준비 없이 만나는 건 처음이었기 때문.

강찬이 심호흡을 하는 사이 그가 탄 밴이 인터뷰 시작 장소에 도착했다. 그리고 그가 차에서 내렸을 때, 게릴라 데이트의 진행자 안예진이 다가오며 말했다.

"안녕하세요. 강 감독님! 리포터 안예진이라고 해요."

시원시원한 이목구비와 짧은 헤어스타일이 잘 어울리는 여자였다. 그녀와 눈을 맞춘 강찬은 고개를 꾸벅 숙이며 인사를 받았다.

"강찬입니다. 반갑습니다."

강찬의 인사와 동시에 빠르게 다가온 그녀는 대뜸 강찬의 손을 쥐며 말했다.

"팬이에요!"

인터뷰 전, 간단한 인사일 줄 알았던 강찬은 그녀가 갑자기 자신의 손을 잡아 오자 깜짝 놀라며 손을 뺐다.

"아, 죄송해요. 너무 팬이라."

그녀는 큰 눈이 다 감기게 눈웃음을 지으며 한 발짝 뒤로 물러섰다. 그러곤 다시 손을 내밀며 말했다.

"악수 한 번 해주실 수 있나요?"

"그건 괜찮습니다만……."

방송용 카메라와 안예진이라는 연예인, 거기다 강찬까지. 인도 한복판에 등장하자 이미 사람들의 시선이 쏠리고 있었다.

강찬의 주변의 시선을 신경 쓰는 것을 본 안예진은 다시 한 번 말했다.

"제가 너무 제 생각만 했네요. 조금 있다 방송 끝나고 다시 찾아뵐게요. 그건 괜찮죠?"

강찬이 마지못해 고개를 끄덕이자 그녀는 매력적인 눈웃음을 지으며 손을 흔들고선 방송 준비를 위해 돌아갔다.

그러자 강찬의 뒤에서 팔짱을 낀 채 서 있던 안민영이 한마디를 던졌다.

"여우네."

"예?"

"여우라고 여우. 자기 예쁜 거 알고 그걸 어떻게 이용할 줄 아는. 강 감독 사생활은 알아서 하는 거지만, 난 저 여자와는 하룻밤이라도 반대야."

"……너무 나가시는 거 아닙니까?"

안민영은 어깨를 으쓱하더니 말을 받았다.

"글쎄. 강 감독이 영화에 출연시켜 준다면 그보다 더한……."

"알겠습니다. 조심하죠."

무슨 말이 나올지 뻔한 상황, 강찬이 말을 끊자 안민영은 다시 한번 어깨를 으쓱하고는 밴으로 들어갔다.

강찬 또한 영화판에서 20년을 넘게 있던 사람이다. 그녀보다 더 잘 알았으면 알았지 모를 리 없는 이야기들.

'나한테 이런 일이 생길 거라곤 생각 못 했지.'

이제는 다른 상황. 조금 더 행동거지를 조심할 필요가 있었다. 생각을 다지듯 고개를 몇 번 주억이는 사이, FD가 다가와 강찬에게 말했다.

"동선은 여기서 출발해서 세 블록 정도 진행할 예정이고요. 도착한 곳에서 팬분들과 대화 및 이벤트가 있을 예정입니다. 자세한 진행 사항은 전에 드린 대본에 있는데 읽어보셨나요?"

"예."

"그대로 진행될 예정입니다. 궁금하신 거나 마음에 안 드는 부분 같은 거 있으신가요?"

"아뇨. 괜찮습니다."

"그럼 이대로 진행하겠습니다."

"네. 잘 부탁드립니다."

"제가 잘 부탁드려야죠. 감사합니다! 아, 그리고 팬입니다!"

20대 중반으로 보이는 FD는 팬이라는 말을 남기고선 진행팀을 향해 뛰어갔다.

귀여운 모습에 흐뭇한 미소를 짓고 있자니 어느새 나온 안민영이 한마디를 던졌다.

"아니지?"

"……."

대답할 가치도 없다는 생각에 강찬은 고개를 돌려 버렸다. 그러자 그를 알아본 몇몇 팬들이 손을 흔드는 모습이 보였고 마주 손을 흔들어주었다.

"꺄아아! 팬이에요!"

"잘생겼다!"

"감사합니다."

10m나 될까, 가까운 거리라 대화가 가능할 정도였기에 강찬은 팬들과 소통을 하며 시간을 보냈고 얼마 지나지 않아 아까 보았던 FD가 찾아왔다.

"준비되셨나요?"

"예. 갈까요?"

"넵! 이쪽으로 오시죠."

마이크까지 착용을 마치고 스탠바이가 끝났을 때, 강찬과 안예진 주변 10m에는 발을 디딜 틈조차 없을 정도로 사람이 가득 차 있었다.

"자, 그럼 긴장 푸시고 스탠바이, 레디, 5, 4, 3……."

둘과 하나는 손가락으로 표현한 PD가 큐 사인을 보내는 순간, 안예진이 멘트를 시작했다.

"네~ 안녕하세요! 한밤의 연예TV 게릴라 데이트의 리포터! 안예진입니다! 그리고 오늘 게릴라 데이트의 주인공을 소개합니다! 이 분의 이름 앞에 어떤 수식어를 붙여야 무색하지 않을까요. 두 글자의 이름만으로 전 세계를 흥분시키고 있는 사나이! 영화감독 강찬 씨를 모셨습니다!"

그녀의 멘트와 함께 카메라가 싹 돌아가며 강찬을 비추었고 그와 동시에 주변 팬들에게서 환호성이 터져 나왔다.

"오랜만에 인사드립니다. 안녕하세요. 영화감독 강찬입니다."

그의 한마디 한마디에 팬들은 격한 반응을 보이며 소리를 질러 주었고 결국 강찬의 목소리가 묻힐 지경에 이르렀다.

"저 죄송합니다만 인터뷰를 진행해야 해서요. 조금만 조용히 해주신다면, 곁에 계신 팬분 중 몇 분을 추첨해 프라이빗 시사회 티켓을 드리도록 하겠습니다. 그렇게 해주실래요?"

이럴 것을 예상해 가져온 것이 2주 뒤 한국에서 진행될 프라이빗 시사회의 티켓이었다.

강찬의 말과 함께 좌중은 짧은 환호를 질렀다. 하지만 강찬이 입술 위에 검지를 가져다 대자 언제 그랬냐는 듯 조용해졌고 그제야 강찬은 만족스러운 듯 미소를 지었다.

"와, 역시 대단한 영화감독이시네요. 대중에게 어필하는 방법을 확실히 알고 계신 것 같아요."

"이게 그렇게 되나요?"

"그럼요. 전 목소리가 다 묻히면 어떻게 해야 하나 걱정했거든요."

강찬은 대답 대신 미소를 지었고 안예진은 강찬의 얼굴을 빤히 바라보다 이내 큐시트로 고개를 돌렸다.

그리곤 편집점을 잡는 듯, 네~ 하는 말과 함께 인터뷰를 시작했다. 인터뷰 중간중간 자기 할 말을 끼워 넣는 것이 한두 번 해본 게 아닌 솜씨.

강찬은 안민영이 말했던 두 글자를 상기하며 그녀를 바라보았다.

"이번에 또 영화를, 그것도 두 편 연속으로 개봉하신다면서요?"

"예. 관객분들에게 보여드리고 싶은 이야기가 너무 많아서 이렇게 진행하게 되었습니다."

"이야기만 들어도 정말 기대되는데요. 작년에 개봉했던 '지킬 앤 하이드'의 후속작이죠?"

"맞습니다. '닥터 프랑켄슈타인'과 '드라큘라'두 편이 개봉하게 됩니다."

"제이크 질렌할과 레오나르도 디카프리오, 이름만 들어도 설레는 두 배우와 함께 작업하셨는데요. 어떠셨나요?"

"정말 좋았습니다. 두 배우 모두 자신이 맡은 배역에 몰입하는 분들이었고 또……."

영화에 관한 이야기를 나누며 홍보가 끝난 뒤, 게릴라 데이트가 인기 있는 이유 중 하나인 시민 참여 시간이 찾아왔다.

"그럼 혹시 여기서 '나는 강찬 감독님의 손을 잡아보고 싶다!' 하는 분 있으신가요?"

"꺄아!"

"저요!"

안예진은 능숙하게 진행을 하며 한 명의 남성을 인파 속에서 끄집어내었다. 그리곤 짓궂은 미소를 지으며 남성에게 물었다.

"학생이신가요?"

"어…… 네. 유학생이에요."

"유학생이요?"

"네. 중국에서 왔어요."

어눌한 말투에 당황했던 안예진은 남성이 중국에서 온 사람이라는 말에 환한 미소를 지으며 물었다.

"중국에서도 강찬 감독이 유명한가요?"

"그럼요. SNS를 하는 중국인이라면 다 알걸요?"

"세상에, 그럼 엄청나겠네요."

중국인 유학생은 빠르게 고개를 끄덕이더니 강찬의 얼굴을 바라보았다. 그리곤 강찬과 눈이 마주치자 수줍은 듯 시선을 피했는데 그 모습에 사방에서 웃음이 터져 나왔다.

"왜 눈을 피하세요?"

"어…… 너무 좋아서요."

단순하지만 임팩트 있는 발언에 다시 한번 폭소가 터졌고 좋은 분위기 속 인터뷰가 이어졌다.

"손을 잡고 싶은 이유는요?"

"기를 받고 싶어서요. 강찬 감독님처럼 성공하고 싶거든요."

유학생의 말에 강찬은 악수를 하고 그의 어깨를 안아주었다. 그러자 유학생은 어찌할 바를 모르다 고개 숙여 감사했고 아주 좋은 그림이 뽑혔다.

"다른 분 또 계신가요?"

"저요!"

중국인 유학생 이후로 몇 명의 시민들과 더 대화를 나누었다. 그렇게 인터뷰가 끝나갈 무렵, 동글뱅이 안경을 쓴 시민이 강찬에게 질문했다.

"여진주와는 무슨 사이인가요?"

질문과 동시에 순간의 수많은 사람 속에 정적이 찾아왔다. '저건 아니지,' 하고 선을 넘은 것에 혀를 차면서도 묘하게 궁금해하는 시선 속, 강찬이 답했다.

"친한 오빠, 동생 사이입니다."

뻔한 대답에 웅성거림이 일어날 때쯤, 동글뱅이 안경의 여자는 한 마디를 덧붙였다.

"그게 단가요?"

"뭐가 더 필요한가요? 그리고 이런 사적인 질문은 자제해 주시면 좋겠습니다."

강찬이 거부의 의사를 표한 순간, 분위기를 캐치한 안예진은 그녀를 돌려보내곤 인터뷰를 마무리 지었다.

그리고 시민들이 돌아가기 전, 강찬은 자신과 대화를 나누었던 팬들 그리고 몇 번 눈에 들었던 팬들에게 프라이빗 시사회 티켓을 나눠주었다.

"감사합니다! 꼭 갈게요!"

"그럼 시사회에서 뵙겠습니다."

"가면 인사해 주세요!"

"그럼요. 지민 씨라고 하셨나요?"

"네! 이지민이요!"

"기억할게요."

한 명 한 명 이야기하며 티켓을 분배하고서야 인터뷰를 끝냈다. 그렇게 자신의 밴으로 돌아온 강찬은 기다리고 있던 안민영에게 말했다.

"이거 재밌네요."

"그렇지?"

"예. 공항 들어갈 때나 시사회 때는 도마 위의 생선이 되는 기분이었는데 지금은 진짜 팬들하고 만난 느낌이에요."

"그럼 팬미팅 한 번 할까?"

"그것도 괜찮겠네요."

자신을, 그리고 자신의 작품을 좋아해 주는 이들과 대화를 나눈다는 것은 생각보다 기분 좋은 일이었다.

곧 강찬의 밴이 출발할 때, 강찬은 창문 밖으로 손을 흔드는 안예진과 눈이 마주쳤다.

그녀는 손을 흔들다가 멈추곤 손을 수화기 모양으로 만든 뒤 흔들었다.

'전화하라는 건가?'

번호도 모르는데. 하는 생각과 주머니에 손을 넣었을 때. 언제 넣은 것인지 모를 막대사탕과 쪽지 하나가 그의 손에 잡혔다.

"웬 츄파춥스?"

"허."

딸기 맛 츄파춥스와 들어 있는 조그만 쪽지에는.

'언제든'이라는 세 글자와 함께 전화번호가 적혀 있었다. 강찬이 헛웃음을 흘리는 것을 보고 쪽지 내용을 살핀 안민영은 씩 웃으며 한 마디를 덧붙였다.

"여우라니까."

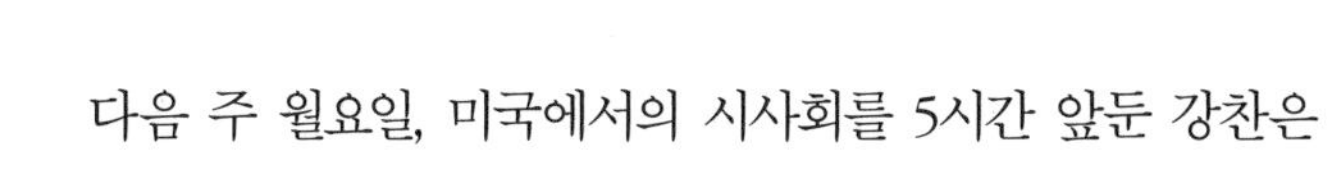

다음 주 월요일, 미국에서의 시사회를 5시간 앞둔 강찬은 자신의 작업실에서 작업하고 있었다.

영화의 촬영이 끝남과 동시에 개봉할 수 있으면 얼마나 좋겠느냐마는. 촬영이 끝난다고 모든 것이 끝나는 것은 아니었다.

촬영한 장면들과 CG를 입힌 장면들을 이어 붙여야 하고 배우들의 목소리와 장면의 싱크를 맞춰야 한다.

거기에 BGM을 넣고 음량을 조절해야 하며 옥에 티는 없는지 검수하고 또 검수한 뒤에야 '영화'라고 부를 수 있는 것이 완성된다.

그 뒤에는 제작진들이 모여 간이 시사회를 한 뒤 의견을 규합해 다시 한번 수정에 들어간다.

이 과정에서 무언가 잘못되었다면 재촬영을 들어가기도 하는데 그럴 경우 제작비가 천문학적으로 느는 것은 당연한 수

순이다.

다음은 제작사와 투자자 등, 영화 제작에 있어 큰 비중을 차지한 외부인들과의 프라이빗 시사회가 시작된다.

사실상 가장 중요한 단계이며 여기서 컨펌을 받아야만 영화가 영화로서 극장에 걸릴 수 있게 된다.

여기까지 통과했다면 영등위에 보내 등급을 분류 받고 배급이 시작된다.

"후."

그렇기에 강찬은 시사회 직전까지도 영상을 살피며 옥에 티가 있는지를 확인하고 있던 것이다. 마지막 확인이 끝나갈 무렵.

책상에 놓인 인터폰이 울렸다.

-매니저분 오셨는데 어떻게 할까요?

"들어오라고 하세요."

-네.

안민영이 그렇게 숨기던 매니저가 도착했다는 말에 강찬은 자리에서 일어섰다. 그러곤 거울을 보며 옷매무새를 정리하고 다시 자리에 앉았을 때, 노크 소리가 들려왔다.

"들어오세요."

문이 열렸을 때, 강찬은 어디선가 본 듯한 얼굴의 여자를 보며 고개를 모로 꺾었고 이내 아, 하는 소리와 함께 말했다.

"백현주 씨?"

"오랜만에 뵙는데도 기억하시네요? 다시 만나서 반가워요, 선생님."

백현주.

백중혁의 손녀이자 강찬에게서 영화 편집을 배웠던 당찬 성격의 아가씨 등장에 강찬이 물었다.

"설마 매니저가 현주 씨입니까?"

"네."

강찬은 어이가 없다는 듯 이마를 짚었고 타이밍 좋게 노크 소리가 들려왔다. 그리고 강찬이 들어오라고 하기 전, 문이 열리며 안민영이 들어왔다.

"짜란, 서프라이즈!"

"어……. 음……. 네."

확실히 서프라이즈긴 했다. 어떻게 반응해야 할지 감조차 잡히지 않았으니. 천천히 머릿속을 정리한 강찬이 안민영과 백현주를 한 번씩 바라본 뒤 말했다.

"사장된 입장으로 물어보긴 뭐한 질문입니다만. 이거 채용 특혜 아닙니까?"

"특혜라고 할 것도 없지. 애초에 공개채용이 아니었는데."

"두 번째, 현주 씨를 무시하는 건 아닙니다. 저번에 제가 말씀드린 매니저의 조건과 현주 씨가 부합합니까?"

안민영이 입을 열려는 순간, 백현주가 강찬의 앞으로 한 걸음 다가오며 말했다.

"영어, 중국어, 일본어, 한국어는 전부 1급 자격증 있어요. 프랑스어와 라틴어는 배우는 중이고요. 운전면허는 1종 보통. 미국에서 사용 가능한 국제면허증도 있고, 1톤 트럭하고 9인승 승합차까지는 운전 가능해요. 해본 적도 있고요."

금수저 집안인 만큼 교육은 확실히 했을 것이라 생각했지만, 이 정도일 줄이야. 4개 국어를 하면서도 다른 나라의 언어를 배우는, 다른 세계의 천재를 경외의 눈으로 보던 것도 잠시. 강찬이 백현주에게 물었다.

"그 정도면 됐습니다. 현주 씨랑 같이 일해 본 적이 없는 것도 아니고 편하게 놀고먹자고 지원한 건 아닐 테니까요."

백현주는 '정확히 봤어요'라는 듯 시원한 미소를 지었다.

"그러면 한 가지만 묻겠습니다. 왜입니까?"

백중혁의 손녀, 백현주. 그녀는 여성 감독으로서 대성할 실력을 지닌 이다. 미래에서는 뛰어난 여성 감독으로 활약하기도 하고.

"기억하시죠? 제가 강 감독님 아래서 배웠던 거. 그때 정말 많은 걸 배웠거든요? 매일 충격의 연속이었고 성장의 나날이었죠. 그 뒤로 공부하고 싶다는 생각에 여러 나라를 돌아다녔어요. 그런데 강 감독님께 배운 이후로 어떤 사람 밑에서 공부를 하고 현장을 다녀도 감흥이 없더라고요."

"감흥이요?"

"네. 그 뭐랄까. 다 그저 그래요. 반짝이는 게 없다고 해야 하려나. 물론 그분들께서 들으시면 저를 욕하시겠지만. 솔직히 그래요. 배움은 즐거워야 하는데 즐겁질 않았거든요."

"백현주 씨는 지금 서브 디렉터가 아니라 매니저로 지원하시는 겁니다만."

"예. 저도 염치가 있는 사람이라서요. 처음부터 인맥빨 세워서 서브 디렉터로 들어가고 싶은 생각은 없어요. 매니저로 강 감독님과 함께 다니면서 어깨너머로 배울 생각인 거죠."

자신의 생각을 당당히, 그리고 조금은 정도를 넘어설 정도로 솔직하게 말하는 건 백현주만의 매력일 것이다.

'단점일 수도.'

그녀의 말이 끝나자 강찬은 의자에 허리를 기댔다. 그러자 이번에는 안민영이 한 걸음 나오며 말했다.

"수습 기간 3개월. 그동안 일을 제대로 못 한다 싶으면 잘라도 돼. 현주 씨도 동의했고 그분도 동의하셨어."

"그분이요?"

"백 사장님. 그분에게 말씀을 안 드릴 순 없잖아. 그래서 말씀드렸더니 조건을 거시더라고. '3개월 안에 사람 노릇 못하면 내보내라'라고."

참으로 백중혁다운 말이었다. 사람 노릇이라. 잠깐 고민하던 강찬은 고개를 끄덕였다.

"좋습니다. 채용하도록 하죠. 하지만 한 가지는 확실히 할 겁니다. 백현주 씨는 매니저로 고용된 겁니다. 어떤 상황에서도 매니저의 일이 먼저입니다."

"그럼요. 아까도 말씀드렸지만 제가 염치를 굉장히 챙기는 사람이라서 안면박대하고 가르침만 받을 생각은 없어요."

"알겠습니다. 그럼 내일부터 출근하세요."

"오늘부터 해도 될까요?"

강찬의 말이 끝나기 무섭게 백현주가 되물었고 강찬은 고개를 끄덕여주었다.

"그럼 ATM에 오신 걸 환영합니다."

"감사해요. 소처럼 열심히 일하겠습니다!"

백현주는 자신이 보여주고 싶은 '장면'이나 '세계'가 아닌 '감정'을 전하는 영화를 만드는 감독이었다.

배우 하나하나가 느끼는 감정선이 얽히고설켜 종장에는 감정의 폭발을 만들어내는 센스가 아주 뛰어난 감독.

배울 수만 있다면 배우고 싶은 능력이 그녀에게 있었다. 곁에 두고 대화를 나누며 그녀가 가진 센스에 대해 배워보는 것도 나쁘지 않을 터.

'물론 매니저 일을 잘 할 때 일이지만.'

만약 매니저 일을 못 한다면, 가차 없이 잘라낼 생각이었다.

무엇이 중요한지 모르는 사람을 곁에 두고 싶진 않았으니까.

유니버셜 픽처스 프라이빗 시사회장.

"좋군."

강찬의 영화 '닥터 프랑켄슈타인'의 엔딩 크레딧이 올라가기 시작하고 몇 분이나 지났을까.

진중한 표정으로 팔짱을 끼고 있던 안토니 갤리웍스가 짧은 평을 내렸다.

"'닥터 프랑켄슈타인'이 히어로가 되는 과정을 생각해 본 적이 있었네. 여러 가지 방법이 생각나긴 했지만 이렇다 할 재미를 주는 부분이 없더군. 그래서 자네는 어떨까, 하고 생각을 했는데 말이야. 상당히 좋아."

안토니는 생각을 정리하는 듯 입술을 적시고선 다시 말을 이었다.

"자네를 믿긴 하지만 두 편을 동시제작 한다고 하기에 퀄리티가 떨어지면 어쩔까 걱정했었네. 한데 지금은 그 걱정을 한 시간이 아까울 정도야."

유니버셜 픽처스의 메인 디렉터인 안토니의 칭찬 직후, 프라이빗 시사회장 내에 곳곳에서 안도의 한숨이 흘러나왔다.

"나는 히어로 영화가 성공하기 위해서는 최소한의 '현실성' 그리고 그걸 기반으로 하는 '몰입감'이 필요하다고 생각하네. 그 점에서 자네가 만든 영화들은 아주 훌륭해. 사건으로 흥미를 유발하고 이야기를 이어나간다는 아주 기본적인 방식을 그대로 유지하면서도 탄탄한 구성과 치밀한 복선, 그리고 배우들의 연기와 자네의 연출이 합쳐지니 대단한 작품이 나왔어."

긍정적인 평가를 넘어선 극찬에 강찬은 미소를 지으며 안도의 한숨을 내쉬었다.

대본을 쓰고 영상을 찍고 편집을 하며 수백, 수천 번을 본 장면들의 연속이다. 질리도록 보아왔기에 재미를 느낄 수 없는 것은 당연지사.

그 또한 긴장할 수밖에 없었기 때문이다.

"다행이군요."

"이렇게나 완벽한 작품을 만들어놓고 한다는 말이 '다행이군요'라니. 만약 내가 자네였다면 다리를 꼬고 의자에 기대 최대한 거만한 자세로 이렇게 말할 걸세. '당연하죠. 누가 만든 작품인데.'"

"다음 작품 프라이빗 시사회 때 한 번 해보겠습니다."

"그러고 보니 '드라큘라'도 곧 완성된다고 했었지."

"예, 한 달 안에 프라이빗 시사회를 열 예정입니다."

"투자자들 입이 귀에 걸리겠어."

안토니가 악수를 위해 손을 내밀자 강찬이 그의 손을 쥐었다. 그러자 안토니는 강찬의 등을 두들겨주며 말했다.

"벌써 세 편밖에 안 남았구먼. 이 기세면 1~2년 사이로 끝낼 생각인 것 같은데 맞나?"

"예정대로라면 그렇습니다."

"그다음은?"

안토니의 말에 프라이빗 시사회장을 찾은 모든 이의 이목이 강찬의 입으로 집중되었다.

유니버셜과 여섯 편 영화 계약을 한 것은 모두가 아는 정보다.

하지만 그 이후의 행보는 밝혀진 게 없는 상황.

아직 2년에 가까운 시간이 남았다지만 귀추가 주목될 수밖에 없었다.

"제가 하고 싶은 걸 해볼 생각입니다."

"자네가 하고 싶은 것이라. 이를테면?"

"글쎄요. 아직은 구상 중인지라 자세한 말씀을 드리긴 힘들 것 같습니다."

능구렁이처럼 대답을 회피하는 그의 태도에 많은 이들의 입에서 작은 한숨이 흘러나왔다. 하지만 얻은 것이 없는 건 아니다.

'유니버셜과 할 생각은 없어 보이는데.'

'자기 하고 싶은 걸 한다니 본인 회사에서 직접 제작을 할지도 모르겠습니다.'

'한 다리라도 걸칠 수 있으면 좋을 텐데 말이야.'

강찬은 주변에서 들려오는 목소리를 듣고선 짧은 미소를 흘렸다.

이 자리에 모인 이들은 영화 업계를 주도하는 이들이라 보아도 무방한 이들이다.

영화 한 편에 억 단위 돈을 투자하는 투자가들, 혹은 안토니 갤리웍스 같은 닳고 닳은 디렉터들.

그런 이들이 자신의 행보 하나하나에 관심을 갖는 것에 묘한 우월감이 느껴졌기 때문.

"자네가 그렇다면. 잘 생각해 보고 결정 내리기 전에 언질이나 한 번 주게나."

"예."

자신의 가능성을 알아보고 대해(大海)로의 길을 열어준 이에게 언질해 주는 정도야.

강찬이 고개를 끄덕이자 안토니는 적당히 만족스럽다는 듯 입꼬리를 반만 올리며 미소를 지었다.

만족스러운 프라이빗 시사회를 마친 강찬이 밖으로 나오자 기다리고 있었다는 듯 백현주가 그의 뒤로 따라왔다.

"완전 멋있었어요. 영화 대박."

"고맙습니다."

"진짜, 와. 내가 이 감동을 다시는 못 느낄 줄 알고 얼마나 걱정했는지 아시면 감독님도 저를 다시 보게 되실지도 몰라요."

백현주는 전보다 말이 많아져 있었다. 강찬에게 배운 이후, 전 세계를 여행하며 공부를 했다는데, 그 경험이 그녀를 더 외향적으로 만든 모양.

그녀의 말을 들어주며 차로 이동하자 백현주는 자연스럽게 운전석에 오르며 말했다.

"다음 스케줄은 잡지사랑 인터뷰고…… 이동시간은 40분 정도 걸릴 예정입니다. 여기 대본이요."

이제 일을 시작했는데도 준비성 하나는 투철했다. 강찬은 그녀에게 대본을 건네받으며 고맙다는 인사를 건넸다.

그러자 백현주는 안전벨트를 착용하며 물었다.

"그럼 1점 정도는 딴 건가요?"

"일단은 그렇다고 해두죠."

그녀는 '오케이! 1점!'이라고 하곤 기합을 다졌고, 그 모습을 본 강찬은 피식 웃음을 흘리고 말았다.

3시간 뒤, 잡지사와의 인터뷰를 끝내고 나와 차에 오르자

백현주가 커피를 내밀었다.

"피곤하시죠?"

"괜찮긴 합니다만 커피는 감사히 마시겠습니다."

"인터뷰를 2시간이나 하는 데는 또 처음 보네요."

"그러게 말입니다."

2시간 동안 질문 세례를 받은 탓에 노곤해진 강찬이 카시트에 몸을 묻자 백현주가 말했다.

"프라이빗 시사회 기사 뜬 거 아직 못 보셨죠?"

"벌써 떴습니까?"

"예. 엄청 핫해요."

그녀는 강찬이 볼 수 있도록 노트북에 창을 띄워 건네주었다.

[할리우드 슈퍼 루키, 강찬 감독의 다크 유니버스 세 번째 이야기 '닥터 프랑켄슈타인'이 드디어 베일을 벗다.]

['슈퍼 히어로의 완성' 유니버셜 픽쳐스의 메인 디렉터 안토니 갤리웍스가 엄지를 추켜올리다.]

[투자자들의 입가에 걸린 미소의 의미는? '닥터 프랑켄슈타인' 개봉까지 2주!]

프라이빗 시사회에서 본 내용이 유출될 일은 없었다. 그러니 두루뭉술하게 말했을 텐데 벌써 추측성 기사와 홍미를 유발하는 기사들이 대량으로 쏟아져 나오고 있었다.

"기사만 100개가 넘어요."

"좋네요."

실시간으로 기사가 올라오는 것을 보니 언론 시사회와 관객 시사회의 반응은 보지 않아도 뜨거울 것이 분명했다.

기분이 좋아진 강찬이 몇 개의 기사를 더 보고 있을 때, 그의 핸드폰이 울렸다.

"어, 인섭이 형."

-인마! 이런 걸 보내면 보낸다고 미리 얘기했어야지!

들뜬 송인섭의 목소리에 강찬의 입꼬리도 같이 씰룩거렸다.

"그럼 재미없잖아."

-어쨌거나 고맙다! 잘 나가는 감독을 동생으로 둔 보람이 있네. 근데 이런 프라이빗 시사회에 나도 가도 되는 거야?

"정확히는 언론 시사회긴 한데, 이슈몰이용으로 하는 거라 형 같은 대스타가 와주면 내가 고맙지."

-말은 아주, 오케이. 멋있게 가서 보고 난 다음에 SNS에다가 '너무 재밌었었습니다.' 이런 거 해주면 된다는 말이지?

"그럼."

지금의 송인섭은 한국에서 가장 핫한 남 배우 중 하나, 그랬기에 한국에서 열릴 프라이빗 시사회 초대장을 보낸 것이었다.

-다른 배우들도 데려갈까?

"1장에 2명까지 출입 가능하니까 형 편한 대로 하면 돼."

-이야, 강 감독이 신경 많이 써주셨네. 알았다. 요즘 가장 핫한 사람으로 모시고 가마.

"그럼 그때 봐."

-그래. 그날 끝나고 괜찮으면 술도 한잔하고.

"오케이!"

전화를 끊은 강찬은 손에 들고 있는 핸드폰을 내려다보았다.

'이제 1년인가.'

1년 안으로 송인섭은 몰락할 것이다. 음주운전과 마약으로. 하지만 자신이 송인섭을 지금까지 보아온 결과, 그는 자신의 이미지가 깎이는 것을 죽기보다 싫어하는 사람이었다.

술을 마시면 무조건 대리를 불렀고, 만약 술을 마시는 자리라면 매니저를 대동하고 나타나 택시를 타고 돌아가는 경우가 대다수였다.

'한 번 알아봐야겠어.'

송인섭의 몰락이 자신이 둔 악수가 아니라면 누군가의 의지가 개입되어 있다는 소리다. 송인섭과 같은 대스타를 몰락시키며 얻어갈 게 무엇이 있었을까.

잠시 생각하던 강찬은 메시지를 작성하기 시작했다.

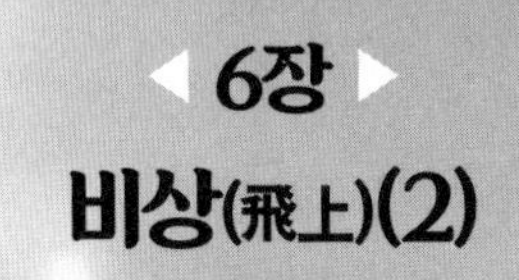

6장

비상(飛上)(2)

미국에서의 프라이빗 시사회를 성공적으로 끝낸 후, 강찬은 일주일간의 미국 일정을 소화하며 언론 시사회 그리고 인터뷰 등을 다니며 꾸준히 영화 홍보 일정을 소화했다.

그 결과.

[강찬 감독 또 일내나? 미국 현지 시사회 반응 용광로 그 자체]

['역대급 히어로 무비' ABC 무비즈의 극찬! '닥터 프랑켄슈타인' 개봉까지 일주일!]

[전 세계 동시개봉 임박! 강찬 감독이 그리는 고전 명작은 어떤 느낌일까?]

['닥터 프랑켄슈타인' 티저를 분석해 보자. 장면이 지닌 의미는?]

[한국이 낳은 최초의 천재 감독! 강찬 그는 누구인가?]

미국과 한국은 물론이거니와 중국 등의 나라의 포털에서도 '닥터 프랑켄슈타인'에 대한 기사를 쏟아내고 있었다.

이제는 어느 정도 익숙해진 관심이었지만 그렇다고 기사들을 찾아보는 재미가 반감되는 것은 아니었다.

-300m 앞 목적지 부근입니다.

한국, '닥터 프랑켄슈타인'의 개봉을 일주일 앞둔 지금 강찬은 한국에서 진행되는 언론 시사회에 참가하기 위해 이동 중이었다.

자신의 기사를 훑어보다 들린 네비게이션의 목소리에 고개를 들어보자 어느새 목적지가 보이고 있었다. 강찬의 시선을 느낀 것인지 운전을 하고 있던 매니저, 백현주가 백미러를 보며 말했다.

"언론 시사회는 오후 5시부터 9시까지예요. 5시부터 6시까지 무대인사와 질의응답, 그리고 6시부터 10분간 휴식 후 영화 상영. 상영 후 8시부터 9시까지 다시 인터뷰. 궁금한 거 있으신가요?"

"아뇨. 없습니다. 이후 일정은 없는 거로 아는데, 맞죠?"

"오늘은 없고요, 내일 오후 2시에 방송사 인터뷰 하나, 그리고 오후 6시에 라디오 있어요."

대화하는 사이 주차를 끝낸 백현주가 뒤를 돌아보며 말을 이었다.

"오늘 시사회 끝내고 지인분들과 술자리가 있다고 하셨죠?"

"예. 현주 씨는 9시에 퇴근하시면 될 것 같습니다."

"그럼 내일 오전 11시 30분에 댁 앞으로 픽업 갈게요."

"알겠습니다."

백현주가 버튼을 누르자 자동으로 밴의 문이 열렸다. 그리고 강찬이 발을 내디딘 순간, 기자들의 플래시 세례가 쏟아지기 시작했다.

여느 시사회답게 포토월이 준비되어 있었고 먼저 도착한 셀러브리티들이 사진을 찍고 있는 상황, 강찬은 그들이 사진을 찍고 지나갈 때까지 기다리다가 포토월에 올랐다.

수많은 카메라 앞, 미소를 지은 채 잠시 서 있던 강찬은 포토월을 지나 시사회장으로 입장했고 그곳에서 자신을 기다리고 있는 반가운 얼굴을 발견했다.

"찬아!"

힘을 주어 잔뜩 세워 올린 머리, 깔끔히 떨어지는 슈트의 핏이 시선을 사로잡는 사내, 송인섭이 강찬을 보며 손을 흔들었다.

반가운 마음에 같이 손을 흔들 때, 그의 옆에 서 있는 여자가 강찬의 행동을 멈추게 만들었다.

"왔어?"

"응. 그런데……."

"또 뵙네요. 감독님."

조금 힘을 준 일상복이라고 해도 될 정도의 붉은색 미니 드레스, 그리고 흰 재킷을 걸친 안예진이 송인섭과 함께 다가와 인사했다.

"그러게요. 잠시만요."

강찬은 안예진을 자리에 둔 채 송인섭을 끌고 나와 물었다.

"예진 씨가 왜 여기에 있어?"

"아는 사이라던데, 거기다 요즘 가장 핫한 리포터기도 하고. 예진 씨 나오는 CF 못 봤어?"

안예진이라는 이름을 들은 것도 일주일 전이 처음이다. CF라고 봤을 리가. 게다가 기억에도 없는 이름인데.

강찬은 자신을 바라보며 눈웃음을 짓고 있는 안예진을 힐끔 바라보았다가 송인섭에게로 고개를 돌렸다.

"핫하다고?"

"엄청!"

강찬은 몇 마디를 더 물어보려다가 이내 '알았다'라는 말과 함께 입을 다물었다. 자신을 생각해 데려온 건데 말해 무엇하겠는가.

"왜? 불편해?"

"그런 건 아니고, 가자. 예진 씨 기다리시겠네."

참 대단한 여자라는 생각과 함께 자리로 돌아가자 기다렸다는 듯, 안예진이 말했다.

"많이 바쁘셨나 봐요?"

번호까지 줬는데 연락을 하지 않은 일에 대해 말하는 것이리라. 선을 그어야겠다는 생각에 그가 대답하려 할 때, 순간 장내에 정적이 내렸다. 강찬은 정적의 원인을 찾기 위해 고개를 돌렸고 곧 그 원인을 찾았다.

체크 재킷에 흰 블라우스, 그리고 청 핫팬츠를 입은 여진주가 회장 안으로 들어오고 있었다. 그녀의 입장을 확인한 강찬의 입가에 미소가 번졌고 그것을 본 안예진의 미간에는 주름이 잡혔다.

"어? 진주 씨네."

송인섭이 반갑다고 손을 흔들자 그를 발견한 여진주가 환한 미소를 지으며 강찬의 자리로 걸어왔다.

그러다가 안예진과 눈이 마주치고선 묵례를 한 후 강찬을 바라보며 말했다.

"오빠, 오랜만이에요."

"응. 안 본 사이 더 예뻐졌네?"

"농담은, 인섭 오빠도 잘 지냈어요?"

"그럼!"

간단한 인사를 하고 나자 여진주의 시선이 자연스레 안예진에게 향했다.

"아, 이쪽은 안예진 씨. 그리고 이쪽은 여진주. 서로 누군지는 알지?"

"그럼요. 반가워요. 안예진이에요."

안예진이 예의 그 눈웃음을 지으며 먼저 손을 내밀자 여진주 또한 환한 미소를 지으며 악수를 받았다.

"안녕하세요. VOV 여진주예요."

3초도 안 되는 짧은 악수 속 두 여자의 시선 사이 불꽃이 튀었다. 먼저 손을 놓은 여진주는 강찬의 옆자리로 와서 앉았고.

"어 거기 내 자리……."

까지 말한 송인섭은 여진주의 눈빛을 받고선 조용히 빈자리를 찾아 앉았다. 왼쪽에는 여진주, 오른쪽에는 안예진이 자신을 바라보는 어색한 분위기 속 강찬은 여진주를 바라보며 말했다.

"잘 지냈어?"

"그럼요. 초대장 보내주셔서 고마워요."

강찬은 대답 대신, '당연한 일 가지고' 하는 미소를 지어 보였고 그에 여진주 또한 미소로 화답했다.

시선이 마주치는 게 길어지자 여진주가 살짝 고개를 돌리며 말했다.

"아, 저번에 보내준 앨범은 들어보셨어요?"

"응. 좋더라. 드라마도 잘 되고 있던데."

"아, 그 드라마 저도 봤어요."

두 사람의 대화에 안예진이 끼어들었고 두 여자의 눈빛이 다시 한번 허공에서 맞붙었다.

뜻밖의 상황에 당황하는 사이, 타이밍 좋게 나타난 FD가 강찬을 구제했다.

"감독님, 무대 올라가실 시간입니다."

"아, 네. 지금 갈게요."

강찬은 FD에게 감사의 눈빛을 보낸 뒤 두 사람을 보며 이야기했다.

"그럼 영화 즐겁게 보시고 뒤풀이 자리에서 뵙겠습니다. 와줘서 고마워요."

그의 인사와 함께 두 여자의 신경전은 무마되었고 그들의 인사를 뒤로한 채 강찬은 무대로의 발걸음을 재촉했다.

FD를 따라 발걸음을 옮긴 강찬은 머릿속으로 큐시트를 되뇌며 무대에 올라 설치된 테이블 앞에 앉았다.

술렁이던 장내가 조용해지고 카메라 플래시가 터지기 시작할 때 강찬은 마이크를 쥐고 말했다.

"반갑습니다. '닥터 프랑켄슈타인'의 감독 강찬입니다. 주연 배우분들과 함께 왔으면 좋았겠지만, 일정이 맞지 않아 감독인 저만 참가하게 되었습니다. 그럼에도 언론 시사회를 찾아주신 모든 여러분께 감사의 인사를 드립니다."

출연 배우들을 모두 데리고 오려면 올 수 있었겠지만, 굳이 그럴 필요는 없었다. 한국뿐만 아니라 전 세계 주요 도시에서 시사회가 열리고 있는 상황, 영화의 출연진들이 모두 함께 다니며 참석하려면 몸이 두 개, 아니, 세 개여도 모자란 상황이었기에 어쩔 수 없기도 했고.

"그럼 언론 시사회를 시작하겠습니다."

보통 시사회와 달리 감독 홀로 무대에 앉아 있는 형국이었지만 다른 영화들의 시사회보다 더 뜨거운 분위기였다.

그도 그럴 것이 어지간한 배우들보다 강찬이 가진 인지도가 더 높았기 때문, 한국뿐만 아니라 중국 나아가 할리우드에서까지 인지도를 가진 감독이 그였기 때문.

"무비디렉터즈의 정승아 기자입니다. '닥터 프랑켄슈타인'의 원작은 고전소설 중에서도 유명한 작품인데요. 다른 매력적인 소설들을 제외하고 이 작품을 선택하신 이유가 있으실까요?"

"프랑켄슈타인은 그 존재만으로도 흥미로운 캐릭터입니다. 무생명에 생명을 부여하겠다는 학자로서의 열망. 그리고 그것으로 탄생한 괴물. 두 존재 사이에서 벌어지는 다툼. 제가 원하는 소재로 충분하다 못해 완벽한 작품이었죠."

"캐릭터가 흥미로웠다는 말씀이신가요?"

"예. 두 캐릭터를 현대적으로 재해석하며 다크 유니버스가 추구하는 다크 히어로 탄생시키기 적합하다는 생각을 했습니다. 다크 유니버스가 추구하는 것은 환한 빛 아래서 모두의 지지를 받으며 활약하는 히어로가 아닙니다. 세계의 평화보다는 자신의 이념과 사상을 추구하는, 그러면서도 자신만의 선과 악을 구분 짓고 살아가는 우리네 일상과 닮아 있는 조금은 특별한 이들의 이야기죠."

"무생물에 생명을 부여하는 걸 '조금 특별하다.' 말하긴 어렵지 않나요?"

"하지만 있을 법한 이야기죠. 저는 '그럴 수 있겠는데?' 하는 영화적 허용을 아주 좋아하는 사람입니다. 판타지 세계나 아포칼립스 이후의 좀비 이야기. '아이언맨'이나 '트랜스포머' 혹은 '에일리언' 시리즈 같은 영화들이 대표적이죠. 그런 영화들을 보는 우리는 '에이, 말도 안 돼.' 하고 단정 짓지 않습니다. 인지하고 받아들일 수 있는 정도의 판타지기 때문이죠."

강찬의 답변이 만족스러웠던 것인지 기자는 고개를 끄덕이며 자리에 앉았다. 그러자 다른 기자가 손을 들며 질문을 해왔다.

"잡지사 르모르떼의 이기주 기자입니다. '우리네 일상과 닮아 있는' 이들의 이야기라 하셨는데요. '닥터 프랑켄슈타인'은 그간 강찬 감독님께서 영화에서 주야장천 말씀해 오시던 이야기의 연장이라고 보아도 될까요?"

"정확히는 '다크 유니버스'의 연장선이라 보는 게 맞겠죠. 이번 작품을 보시면 아시겠지만 '다크 유니버스'의 캐릭터들은 모두가 닮았고 모두가 다릅니다. 그런 이들이 각자가 처한 상황에서 다른 고민을 다른 방식으로 풀어가는, 그러면서 타자의 인생을 비추는 것이 저의 목표입니다."

"타자의 인생이요?"

"예. 관객분들이 보고서 몰입을 하고 '나라면 이렇게 했었을 것 같다.', '나에게 저런 힘이 있었다면 이렇게 했을 거야.'라는 생각을 하고 자신의 인생을 비추어 영화의 인물에 녹아들고 종국에는 캐릭터에 녹아들어 자신만의 해석으로 메시지를 얻는 것. 그게 '다크 유니버스'의 궁극적인 목표라 할 수 있습니다."

"평범한 히어로 영화들과는 사뭇 다르네요. 그래서 더 기대되는 것 같네요. 감사합니다."

이후 1시간가량 질문 시간이 이어졌다. 강찬이 성심성의껏 대답한 덕일까, 기자들은 배우들이 없는 언론 시사회임에도 불구하고 시간이 짧다는 불만 아닌 불만을 토로했다.

그렇게 시사회 직전 마지막 기자가 손을 든 사람과 눈을 맞추었다.

"안녕하세요. 영화 평론가 김형철입니다."

김형철 평론가. 혹은 짠돌이.

수많은 평론가 혹은 관객들이 명작이라 평가하는 작품들까지도 가차 없이 비평한다.

이것뿐만이라면 김형철은 유명해지지 못했을 것이다.

그는 그의 주장을 뒷받침하는 필력 그리고 높은 영화적 이해도를 지니고 있으며 영화적 지식 또한 내로라하는 감독들을 웃돌 정도로 박식하다.

게다가 종교적 색채나 정치적 색채가 묻어 있는 작품 또한 자신만의 가치관 그리고 중립적인 시야에서 오로지 영화적 완성도 하나만을 가지고 평론을 하기 때문에 국내에서는 꽤 많은 팬덤을 보유하고 있는 평론가 중 한 명이다.

"아, 김형철 평론가님. 만나서 반갑습니다."

"예. 저도 반갑습니다."

가로로 긴 눈과 움푹 꺼진 눈, 높은 콧대에 걸친 동그란 쇠테 안경이 한데 모여 날카로운 이미지를 주는 얼굴을 한 사내, 김형철이 말을 이었다.

"앞서 이야기하신 내용은 잘 들었습니다. 제가 지금까지 보아온 강찬 감독님의 영화에서 느꼈던 것들이 전부 강찬 감독님의 설계 아래 진행된 것이었다니 놀랍습니다. 강찬 감독님이 방금 하신 말씀들을 듣기 전까지는 혹시나 '그저 감이 좋은 게 아닐까.' 하는 의문을 품고 있었거든요."

"충분히 이해합니다."

강찬의 영화에서 보여주는 감정선은 이십 대 초반의 감독이 보여주는 감정선이라고는 생각하기 힘들 정도로 치밀하다.

만약 강찬이 김형철의 입장이 되어 자신을 보았다 하더라도 쉽게 믿을 수 없었을 것이다.

"강찬 감독님의 영화에는 어지간한, 아니, 수많은 영화감독이 갖지 못한 고도의 기교와 능력이 녹아 있습니다. 그리고 그것들은 치밀하게 배치되어 복선과 사건, 그리고 이야기를 이끌어나가는 힘이 되죠."

김형석의 얼굴을 본 순간부터 비평을 들을 것이라 생각했는데, 호의적인 반응이 나오자 강찬은 의아하다는 얼굴로 답했다.

"감사합니다."

"그래서 걱정이 됩니다. 과연 강찬 감독님의 자랑이라고 할 수 있는 아슬아슬한 긴장감의 유지와 높은 진폭이 이번에도 발휘될 수 있을까, 저번 작과는 다른, 자기복제가 아닌 새로운 느낌의 영화가 될 수 있을까 하고 말입니다."

이어지는 칭찬, 그러면서도 미소를 짓고 있는 얼굴 아래 묘한 뒤틀림이 느껴졌다.

이것은 칭찬이자 인정이며 도발이다.

강찬을 인정하지만 그게 운이 아닌 실력임을 이번 영화로 입증할 수 있겠느냐는 물음. 강찬은 1초의 고민도 하지 않은 채 답했다.

"물론이죠."

"호, 기대하겠습니다."

감탄도, 비웃음도 아닌 그 미묘한 경계의 웃음을 흘린 김형석은 '이상입니다.' 하는 말을 남기며 자리에 앉았다.

그리고 기자들은 좋은 기삿거리를 놓칠세라 강찬과 김형석 두 사람의 얼굴을 번갈아 가며 사진을 찍어대기 시작했다.

영화 상영이 끝나고 극장에 불이 켜지자 기다렸다는 듯 박수갈채가 쏟아졌다.

강찬이 무대에 오르고 마이크를 쥘 때까지 이어지던 박수는 강찬이 '감사합니다'라는 말을 꺼내기 전까지 이어졌다.

"제 작품에 만족하신 분들이 많으신 것 같아 다행이네요."

극장 전체를 메울 정도의 박수 소리뿐만 아니라 관객들의 만족스러운 표정에서도 알 수 있었다.

특히 '게릴라 데이트' 때 나누어준 언론 시사회 초대권을 받고 입장한 일반 관객들은 손이 부서져라 박수를 치고 있는 모습이 눈에 띄었다.

"재미있게 보셨나요?"

"네!"

어떤 여성이 홀로 우렁차게 대답했고 그에 시선이 쏠리자 여성은 부끄럽다는 듯 고개를 숙였다.

"하하, 바쁜 시간 내서 와주신 것도 감사한데 큰 대답까지 해주시니 감사합니다. 말로 하는 감사는 별로 와닿지 않으시죠? 그런 의미에서 준비한 선물이 있습니다."

강찬의 신호에 무대 밑에서 대기 중이던 스태프 하나가 그 여성에게 선물 꾸러미를 증정했다.

"제 영화 DVD, 그리고 출연한 배우들과 제 사인이 담겨 있는 꾸러미입니다."

여성 관객은 생각지도 못한 선물에 '꺅!' 하는 비명을 지르더니 선물 꾸러미를 꼭 끌어안고서 '감사해요!' 하고 외쳤다.

'일단 분위기는 됐고.'

몇 마디 말과 미리 준비한 선물로 분위기를 한껏 끌어올리는 데 성공한 강찬의 입가에 미소가 번졌다.

영화가 끝난 뒤, 부정적인 의견을 가지고 있는 이들이 악평을 쏟아내기 전 미리 화기애애한 분위기를 만들어둔 것이다.

날이 선 비평을 준비하던 이들이라도 이런 분위기 속에서는 부드러운 말을 할 수밖에 없기 마련.

"그럼 인터뷰를 시작하도록 하겠습니다."

그의 말과 함께 기자들은 노트북을 펼쳤고 평론가들은 본인의 생각을 정리하던 노트를 다시 한번 살폈다.

하지만 그뿐, 먼저 손을 들고 질문을 하는 이는 없었다.

의아함을 느낀 강찬은 관객들을 훑었으나 모두가 그의 시선을 피하기 바빴다.

'왜?'

보통 인터뷰 때는 '이 장면은 어떤 의미냐', '이런 연출을 한 의도가 무엇이냐' 같은 공격적인 질문부터 '어떤 해프닝은 없었느냐', '배우들과 일하는 건 어땠느냐' 하는 사소한 질문들까지 나오기 마련이다.

하물며 최고의 인기를 끌고 있는 강찬의 영화라면 조그마한 것 하나까지도 기삿거리가 될 텐데.

어색함이 내린 분위기 속, 제일 먼저 움직임을 보인 것은 김형석 평론가였다. 그는 작성하던 노트를 내려놓고선 주위를 한 번 둘러보더니 손을 들었다.

"평론가 김형석입니다. 다른 분들의 생각은 어떠신가 들어보다가 이야기를 할 생각이었는데…… 여기 계신 분들 전부가 저와 같은 생각을 하고 계신 모양입니다."

김형석은 미소를 지으며 주변을 둘러보고선 말을 이었다.

"일단 영화는 정말 재미있었습니다. 캐릭터의 성장과 배경, 세태를 반영한 메시지와 그것을 풀어가는 이야기의 개연성, 몰입하게 되는 연출과 한국 영화에서는 보기 힘든 고퀄리티의 CG 기술까지. 눈이 호강했다는 말이 어울리는 영화였습니다."

"감사합니다."

"아쉬운 점이 있다면 이 영화가 상업영화라는 점입니다. 그렇기에 메시지보다는 흥미를, 깊은 감정선보다는 화려한 볼거리를 추구하는 것은 어쩔 수 없었을 겁니다."

김형석은 질문이라기보다는 감상평을 하고 있었다. 자신 또한 그것을 느낀 것인지 고개를 살짝 젓더니 강찬과 눈을 맞추며 말했다.

"서론이 길었군요. 제가 묻고 싶은 것은 하나입니다. 강찬 감독님께서는 이번 영화가 지금까지 자신이 찍어온 영화들보다 한 걸음 나아갔다고 생각하십니까?"

"묘한 질문이네요. 한 걸음 나아갔느냐라…… 예. 저는 그렇게 생각합니다."

강찬의 자신 있는 대답에 김형석은 그럴 줄 알았다는 듯 미소를 지은 채 고개를 끄덕였고 강찬이 말을 이었다.

"저도 한 가지 여쭈어봐도 되겠습니까?"

"그럼요."

"평론가님께서는 다르게 생각하시기에 그런 질문을 하신 겁니까?"

김형석은 미소를 띤 채 고개를 저었다.

"이유까지 대자면 너무 길어질 것 같아 본론만 말씀드리겠습니다. 저는 강찬 감독님이 이번 영화로 한 걸음, 아니, 그 이상 나아갔다고 생각합니다. 그 이유는 곧 '무비네스트'에 기고될 저의 평론에서 확인하실 수 있으실 겁니다."

능구렁이 같은 대답에 여기저기서 실소가 흘러나왔다. 궁금하면 기사를 찾아보라는 말에서 느껴지는 자신감과 그사이에 강찬을 띄워주는 말까지.

평소 그의 평론에서 볼 수 있던 날카로운 비평과는 거리가 있는 푸근함 때문이리라.

"꼭 찾아보도록 하겠습니다."

"이상입니다. 재미있는, 그리고 생각할 거리가 있는 영화를 만들어주셔서 감사합니다."

멘트를 마친 김형석이 자리에 앉자 기자들의 타이핑 소리가 영화관 내부에 울렸다.

그도 그럴 것이 짠돌이라 불리는 그가 극찬했다는 것만으로도 기삿거리가 되기 때문.

강찬은 정수리만 보이는 기자들을 뒤로한 채 말했다.

"다음 분?"

"영화 평론가 오수혜라고 합니다."

김형석이 물꼬를 터준 덕일까, 두어 명의 평론가들이 손을 들고 질문을 던졌고 강찬은 그들의 질문에 성심성의껏 대답해주었다.

이후 기자들의 질문까지 한 시간 남짓한 인터뷰는 물 흐르듯 진행되었고 한국에서의 첫 언론 시사회는 성공적으로 마무리되었다.

언론 시사회 후, 강찬은 자신의 시사회에 참여해 준 지인들과 함께 강남에 위치한 선술집으로 자리를 옮겼다.

간단한 식사를 마친 후 술잔이 오가기 시작할 때, 어느새 취기가 오른 것인지 얼굴이 상기된 송인섭이 슬쩍 화두를 던졌다.

"재밌더라."

"그럼, 누구 작품인데."

강찬의 넉살에 송인섭이 흐흐, 하고 경박한 웃음을 흘리며 말을 이었다.

"근래 본 영화 중에 제일 재미있었어. 영화 끝나자마자 든 생각이 뭔 줄 알아?"

"뭔데?"

"개봉하면 큰 화면으로 한 번 더 봐야겠다는 생각이 들더라고."

"저도요."

두 사람 사이로 여진주가 끼어들며 말했고 자연스레 강찬의 옆에 앉은 그녀가 말을 이었다.

"어떻게 보면 닥터 프랑켄슈타인, 그리고 그의 피조물 두 명이 모든 이야기를 만들어가잖아요? 다른 캐릭터도 몇 안 나오고, 그런데도 지루할 틈이 없었어요. 하나의 장소, 그리고 똑 같은 캐릭터가 계속 나오면 지루하기 마련인데 말이죠."

여진주의 말에 송인섭이 고개를 끄덕이며 말했다.

"그 캐릭터가 계속 새로운 면을 보여주니까. 극에서 입체적인 캐릭터가 사건을 겪고 성장하며 변해가는 과정이 얼마나 중요한지, 그리고 우리 강찬 감독이 그 과정을 얼마나 잘 표현했는지를 보여주는 대목이지."

"아, 맞아요. 입체적인 캐릭터. 처음에는 오로지 지식욕 때문에 새로운 생명을 창조했던 주인공이 자신의 자식같이 대하던 생명에 대해 점점 의심하게 되는 그 과정이 정말……."

두 사람은 감독을 앞에 둔 채 작품에 대해 칭찬 릴레이를 이어갔다. 그에 머쓱해진 강찬은 고개를 돌리며 잔을 비웠다.

그러자 송인섭이 피식 웃으며 잔을 든 손가락으로 강찬을 가리키며 말했다.

"찬이 부끄러워한다."

"그러게요. 하긴 저도 누가 제 앞에서 '드라마 잘 봤어. 연기 잘하더라.' 이런 이야기 하면 못 참겠더라고요."

"그래? 나는 오히려 좋던데. 인정받는 거잖아."

"사람마다 다른 거지. 인섭이 형 같은 사람이 있는 거고 진주나 나 같은 사람이 있는 거고."

"슬쩍 진주랑 너랑 엮는다?"

"……말을 맙시다."

하하하, 하고 크게 웃은 송인섭은 강찬의 어깨를 두드리며 말했다.

"어쨌거나 축하한다. 이번 영화까지 천만 터뜨리면 벌써 천만 작품만 세 갠가?"

'TWO BASTARDS'와 '지킬 앤 하이드' 그리고 '닥터 프랑켄슈타인'까지. 강찬이 천천히 고개를 끄덕이자 송인섭이 크, 하는 소리와 함께 잔을 들었다.

"영화만 20편 가까이 찍은 내가 장담하는데 너 이거 무조건 천만이다. 그러니까 건배! 천만 영화를 세 편이나 가진 우리 강 감독님을 위하여!"

강찬이 그와 건배를 하려 할 때, 여진주 또한 잔을 내밀며 한마디를 보탰다.

"다음 달에 '드라큘라'도 개봉하잖아요. 그것도 천만 갈 것 같으니까 네 작품 천만 감독을 위하여로 가죠."

"그거 좋은데? 아냐. 그럼 너무 길어져. 그냥 강찬을 위하여!"

"위하여!"

취기 때문인지 분위기 때문인지 모를 하이한 분위기 속 강찬은 오랜만에 아무런 걱정 없이 잔을 들 수 있었다.

다음 날, 강찬은 깨질 듯한 관자놀이를 부여잡은 채 눈을 떴다.

'발아 능력을 썼어야 했는데…….'

오랜만에 지인들을 만난 강찬은 취하고 싶다는 마음에 발아 능력 '음주'를 사용하지 않았고 결국 자신의 한계를 넘어서까지 마시고 말았다.

"어우…… 죽겠다."

숨을 쉴 때마다 올라오는 술 냄새와 날아 가버린 어젯밤의 기억까지. 후회 속 강찬은 음주 능력을 사용했고 몸속 가득 차 있던 주독이 서서히 해독되는 것을 느끼며 핸드폰을 들었다.

-부재중 전화 1통.

-메시지 2건.

자는 사이 세 건의 연락이 와 있었다. 발신자는 모두 백현주. 혹시 늦은 건가 하는 생각에 시계를 보았으나 약속 시간인 11시 30분까지는 1시간이 넘게 남아 있는 상황.

강찬은 다행이라는 생각과 함께 메시지를 확인했다.

-주무시는 것 같아서 메시지 남겨요. 한국 영상 예술 문화진흥회에

서 연락이 왔어요. 짧게 정리하자면 감독님을 한번 뵙고 싶다고 하네요. 메일 전문은 따로 메시지 보낼게요.

-[메일 전문]

한국 영상 예술 문화진흥회.

줄여서 한문진, 쉽게 말하면 영화인들이 만든 이익단체다. 배우와 영화 평론가, 감독 등 영상문화산업에 종사하는 이들 중 어느 정도의 영향력을 가진 이들이 가입해 있는 곳.

'쉽게 말해 꼰대 집단인데…….'

여기서 왜? 라는 생각과 동시에 답이 나왔다.

'인사나 하라는 건가.'

한문진은 꽤 규모가 큰 집단이며 영화계에서는 손에 꼽을 정도로 오래된 집단이다. 그 말인즉, 고일 대로 고인 물이라는 소리.

"쯧."

썩 내키지 않는 연락에 짧게 혀를 찬 강찬은 백현주가 보내준 메일 전문을 읽어보며 그녀에게 전화를 걸었다.

"현주 씨. 강찬입니다."

-네, 감독님. 일어나셨어요?

"예, 좋은 아침입니다."

-10시가 아침은 아니지만, 좋은 날이긴 하네요. 오늘 기사 뜬 거 보셨어요?

"아뇨, 이제 일어나서."

-그럼 대충 훑어보고 나오세요. 정리해 둔 거 있으니까 만나면 드릴게요.

"아, 감사합니다. 반응이 어떻습니까?"

-기대 그대로예요. 폭발적이죠.

폭발적이라는 세 글자가 주는 행복함에 미소를 지었던 강찬은 이내 하려던 말을 기억해내고서 말했다.

"보내신 메시지 받았습니다. 날짜는 아직 안 정해진 겁니까?"

-네.

"그럼, 거절하죠."

-네?

"어차피 만나 봤자 무슨 소리 할지 뻔한 사람들인데 굳이 시간 뺏기고 싶지 않습니다. '일정상 시간이 되지 않아 아쉽다. 다음 기회에 꼭 볼 수 있으면 좋겠다.' 이런 식으로 회신해 주시면 될 것 같습니다."

-음…… 의외네요. 강 감독님이시라면 이번 기회에 한문진에 한 다리 걸치실 줄 알았는데.

돌아오기 전의 강찬이었다면 무조건 그랬을 것이다. 그 단체가 얼마나 고여 있던, 고인 단계를 넘어서 썩어 있던, 이 업계에서 인맥이란 그보다 중요하니까.

하지만 지금은 필요 없다.

그보다 크고 두터운 인맥들이 수두룩한 데다 무엇보다 강찬은 자신의 영화에 남이 참견하는 것을 극도로 혐오한다.

"지금 한문진과 함께 하면 얻는 것보다 잃는 게 많을 겁니다."

-강 감독님이 그렇게 생각하신다면야 이유가 있겠죠. 알았어요. 그럼 11시 반에 뵐게요.

"네."

한문진이 강찬을 원하는 이유는 간단하다.

어린 데다 유능하고 인맥까지 넓은 이를 자신의 아래 두고 부리기 위해.

강찬은 미래를 알고 있다.

그들이 어떤 방식으로 일을 처리하는지, 자신 아래 있는 사람들에게 어떻게 빨대를 꼽는지를 모두 꿰고 있기에 그들이 연락한 이유를 단박에 눈치챈 것이다.

"너희 말고도 수두룩하다."

한문진 말고도 하루에도 수십 개의 집단에서 강찬을 원하고 있었다. 작게는 영화인 모임부터 크게는 영화 제작사들까지.

수십 편의 시나리오들이 ATM 본사로 날아오고 있으며 수백 통의 전화가 본사로 걸려와 강찬에게 영화를 맡기려 한다.

혹은 강찬에게 시나리오를 받으려 하거나.

ATM은 '강찬 감독님은 자신의 시나리오를 영화화하는 데에 바빠 다른 시나리오에까지 신경을 쓸 수가 없는 상황이다'

라는 식으로 대답하고 있지만, 소귀에 경 읽기인 상황.

'음주' 능력의 효과로 어느 정도 숙취가 사라진 것을 느낀 강찬은 씻기 위해 욕실로 향했다.

강찬은 10m도 되지 않는 거리를 걸어가며 핸드폰을 보았고, 자연스레 자신의 이름 그리고 영화를 검색하며 뜬 기사들을 확인했다.

[강찬, 그의 독주, 아니, 폭주는 어디까지 일 것인가? 그의 세 번째 천만 영화가 될지도 모르는 '닥터 프랑켄슈타인'.]

[다크 유니버스의 두 번째 작품, '닥터 프랑켄슈타인'에 포함된 떡밥은?]

['닥터 프랑켄슈타인'으로 한 걸음 더 진화한 강찬 감독. 어떤 영화기에?]

[재미, 그리고 의미. 두 마리 토끼를 모두 잡다? 언론 시사회에서 극찬이 쏟아진 '닥터 프랑켄슈타인'은 어떤 영화인가.]

거울 앞에서 칫솔을 문 강찬은 시간 가는 줄 모르고 기사에 빠져들었다. 얼굴을 맞대고 듣는 칭찬은 거북스럽지만, 이런 기사들은 언제나 환영이다.

미소를 지은 채 기사를 읽고 있던 강찬은 '30분 뒤 도착해요'라는 백현주의 메시지를 받고서야 핸드폰을 내려놓고 씻기 시작했다.

'닥터 프랑켄슈타인' 개봉 당일, 강찬은 할리우드 근처에 위치한 ATM 미국 지사로 출근했다.

몇 개월간 노력한 작품이 개봉하는 날이기 때문일까, 건물 1층에 들어섰을 뿐인데 회사 전체에 들뜬 분위기가 느껴지는 듯했다.

'어떻게 보면 처음인가.'

회사가 안정화된 후 개봉하는 영화는 이번 작품이 최초다.

할리우드에 진출해 영화를 찍은 게 엊그제 같은데 벌써 자신의 이름으로 만들어진 회사의 사원 수가 삼백을 웃돈다.

어지간한 제작사보다 많은 사람, 게다가 그 인원들은 강찬이 발아의 씨앗을 보며 고르고 고른 A급의 인재들.

'새삼 새롭네.'

항상 앞만 보고 달리다 보니 자신의 뒤에서, 그리고 옆에서 돕는 이들을 너무 당연하게 생각하고 있었다.

'드라큘라'까지 개봉하고 나면 사원들에게 보너스라도 지급해야겠다는 생각을 하고 있을 무렵, 멀뚱히 서 있는 강찬의 옆으로 안민영이 다가서며 말했다.

"멍하니 서서 뭐해?"

"벌써 오셨습니까?"

"개봉일이잖아. 그건 그렇고 뭐 하고 있었어?"

"그냥 기분이 좀 묘해서 말입니다. 올라가면서 이야기하시죠."

강찬이 먼저 엘리베이터로 향하자 안민영이 강찬을 따라오며 물었다.

"기분이 왜?"

"첫 작품 개봉할 때 기억나세요? 그때는 되게 조그만 사무실에 옹기종기 모여서 오프닝 스코어 확인했잖아요. 그때만 하더라도 만 명 단위에 마음 졸이고 그랬는데."

"그때를 어떻게 잊어."

'TWO BASTARDS' 그 전의 '악당'까지. 모두 자신이 프로모션한 것이나 마찬가지인, 자식 같은 작품들이었다.

안민영이 지금의 자리에 있을 수 있게 해준 작품들. 문득 그때가 생각난 안민영은 잠시 고개를 주억이다 말했다.

"졸이고 그랬다는 거면 지금은 다르다는 말인가?"

"적어도 만 단위에 마음 졸이진 않죠. 이렇게 많은 사람이 제 영화를 흥행시키기 위해 자료를 분석하고 광고를 내보내고 있으니까요."

"이게 다 강 감독 강박증 때문이지."

타박보다는 과거를 회상하는 듯한 어조, 강찬은 대답 대신 그녀를 바라보았고 안민영은 여전히 고개를 끄덕이며 말을 이었다.

"시나리오, 제작, 투자, 촬영, 후반 작업까지. 다 자기 손 거쳐 가야 하잖아. 그냥 영화감독으로 만족할 거였으면 이렇게 큰 회사도 필요 없었을 거고…… 그랬으면 강 감독 작품이 지금처럼 잘 나오지도 않았을 거 같아."

"칭찬입니까?"

"반반."

"반은 칭찬이라 치고, 나머진 뭡니까?"

"감사?"

말과 함께 고개를 돌린 안민영과 강찬의 눈이 마주쳤다.

"예?"

"고맙다고. 말을 해야지 하고 항상 생각하긴 했었는데 막상 했더니 조금 쑥스럽네."

때마침 띵, 하는 소리와 함께 엘리베이터가 도착했다.

"나이스 타이밍. 그럼 오늘도 파이팅!"

안민영은 손에 들고 있던 서류를 흔들며 자신의 집무 공간을 향해 걸어갔고 강찬은 엘리베이터 문이 닫히기 직전에야 걸음을 옮겼다.

강찬과 안민영, 파라와 서대호. 그리고 ATM을 이끌어가는 임원진들이 회의실에 모였다.

"동북아시아 박스 오피스 1위는 충분할 것 같습니다. 북미 또한 이렇다 할 경쟁작이 없어서 수월할 것으로 보입니다."

"몇 주 정도 유지가 될 것으로 예상됩니까?"

"저희 측 분석은 두 달 이상은 유지될 것으로 예상합니다. 근거로 '닥터 프랑켄슈타인'이 개봉하고 한 달 뒤 '드라큘라'가 개봉하지 않습니까? 시리즈물인 데다가 두 작품이 연달아 개봉하기 때문에 시너지 효과가 날 것으로 보입니다. 여기 그래프를 보시면……."

AD 파트장 파라 그레인저의 현실적인 분석을 시작으로 각자 파트에 따라 앞으로의 흥행 추이를 분석한 보고들이 이어졌다.

"그럼 총 흥행은 어느 정도로 예상하십니까?"

강찬의 질문에 메인 프로듀서, 안민영이 손을 들며 답했다.

"10억 달러 이상의 수익을 예상하고 있습니다."

10억 달러, 한화로 1조 원이다.

영화 한 편으로 버는 돈이 1조 원. 여기서 유니버설에게 떼어줄 것들과 플랫폼들과 나눌 금액, 영화 제작 비용들을 제하면 퍼센티지가 낮아지긴 하지만.

'그래도 30% 이상은 가져올 수 있다.'

외부 투자를 최소한으로 하고 내부 투자로 영화 제작 비용을 충당했기에 가능한 퍼센티지였다.

일반적인 제작사, 그리고 일반적인 감독이었다면 30%는커녕 10%도 챙기기 힘들었을 터.

영화의 흥행으로 돈이 생기면 더욱 뛰어난 퀄리티의 영화를 더욱 빠르게 찍어낼 수 있을 것.

모든 것을 손에 쥘 수 있지만, 시간만은 쥐지 못한 강찬에게는 시간을 살 수 있을 만큼의 돈이 필요했다.

"좋네요."

강찬이 짧은 미소와 함께 말하자 안민영은 끝나지 않았다는 듯 말을 이었다.

"여기서 10억 달러 이상의 수익은 한 편당 미니멈 수익입니다. 유니버셜 픽쳐스와 함께 진행하고 있는 굿즈 산업까지 생각하면 맥시멈 150% 이상의 수익을 올릴 수도 있을 것으로 전망됩니다."

히어로, 그리고 시리즈 영화들이 인기를 끌면 자연스럽게 그것들의 굿즈가 나오기 마련이다.

작게는 옷이나 아이들의 장난감, 그리고 학용품부터 크게는 피규어나 실물 크기의 조형물들까지.

이것들을 통틀어 굿즈(GOODS)라 칭하며 굿즈 산업은 영화사 수익 비중에서 적지 않은 퍼센티지를 차지하고 있다.

"그럼 30억 달러 이상도 노려볼 만하다는 뜻인가요?"

"30억 달러라……."

강찬이 돌아오기 전, 미래에 영화 매출 순위 1위는 아바타 2로 전 세계에 엄청난 흥행 돌풍을 일으키며 50억 달러 이상의 수익을 올렸다.

그 전까지는 아바타 1의 28억 달러가 1위였고. 간단히 말하자면 2편의 영화로 아바타만큼의 흥행을 올릴 수도 있다는 뜻이며.

'관객의 수도 엄청나게 올릴 수 있다.'

돌아온 후, 강찬이 모은 관객 수는 2억 남짓. 절대 적은 수가 아니었지만 100억을 모아야 하는 강찬에게는 너무나 적은 숫자였다.

'이번에 5억을 찍는다.'

강찬의 목표는 3억 명.

한 편 당 1억 5천 명의 관객을 들인다면 불가능한 숫자도 아니다.

계산을 하고 있는 덕에 강찬의 시선이 허공을 맴돌았고 그것을 캐치한 안민영이 조심스레 말했다.

"꿈 같은 숫자긴 하지만……."

"아뇨, 충분히 가능하다고 봅니다."

"예?"

"안 PD님께서 분석하신 자료니 충분한 가능성이 있다고 봅니다. 다른 분들께서 조사해 주신 보고서들을 봐도 그렇다는 생각이 들고요."

그가 말을 멈추자 모든 임원진의 시선이 강찬에게로 집중되었다. 그러자 강찬은 짝, 하고 손뼉을 쳐 분위기를 한 번 환기시킨 뒤 말을 이었다.

"이미 화살은 쏘아졌습니다. 영화는 개봉했고 앞으로 남은 것은 '어떻게 해야 한 명이라도 더 많은 사람이 우리의 영화를 보고, 또 보게 만드냐. 그리고 굿즈를 사게 만드냐'입니다."

"그렇죠."

"그거면 충분합니다."

그 정도의 금액이 회사에 들어온다면 임원진들의 몫으로 떨어지는 성과금도 적지 않은 액수가 될 것이다.

게다가 강찬은 돈에 인색한 사람이 아니다. 노력한 만큼의 보상은 충분히 챙겨주는 사람이니 이번 성과금은 기대해도 될 터.

강찬을 비롯해 회의실 테이블에 앉아 있는 모든 이들의 눈에 이채가 돌았다.

"30억 달러. 한번 해보죠."

힘이 담긴 그의 말에 임원진들의 고개가 자연스레 끄덕여졌고 그것을 확인한 강찬 또한 미소를 지은 채 고개를 끄덕였다.

'닥터 프랑켄슈타인'의 개봉 후, 눈코 뜰 새 없이 바쁜 한 달이 지났다.

강찬은 전 세계를 돌아다니며 인터뷰와 시사회에 출연했고 그의 영화에 출연한 배우들 또한 영화의 흥행에 힘입어 수많은 미디어에 얼굴을 비추었다.

'닥터 프랑켄슈타인'이 흥행한 만큼 다음 개봉할 영화, '드라큘라'는 역대 어떤 영화보다 큰 홍보 효과를 받았다.

영화가 잘 뽑힌 만큼 후속작에 대한 기대가 커지는 것은 당연한 결과. 전 세계의 이목이 강찬이라는 이름 두 글자, 그리고 그의 작품에 쏠리기 시작했다.

그렇게 '드라큘라'가 개봉한 날.

['드라큘라'는 '닥터 프랑켄슈타인'을 뛰어넘을 수 있을 것인가?]

['드라큘라' 드디어 개봉! 올해 최초 조조 시간의 티켓이 매진되다.]

['닥터 프랑켄슈타인'에 이은 '드라큘라'의 흥행! 강찬 감독의 인기몰이 비결은?]

[강찬 감독 자신을 넘어서다! 극찬 또 극찬이 쏟아지는 '드라큘라'를 분석하다.]

[세계에서 가장 핫한 영화감독! 강찬 감독을 만나다.]

전 세계 동시개봉과 동시에 수많은 기사가 물밀 듯 쏟아져 나왔다. 간혹 혹평하는 기사들도 보이긴 했으나 90% 이상의 기사들이 그에게 호의적이었으며.

“세상…… 로튼 89%네.”

“한국 영화 평론 사이트들은 10점인 곳도 있어요.”

“10점이 말이 돼?”

“그러니까요.”

영화 평론 사이트들 또한 마찬가지. 내로라하는 평론가들까지도 앞다투어 자신의 평론을 내놓기 바빴다.

“‘그의 영화는 한 번 보면 재미있다. 두 번 보았을 때는 숨겨진 나무가 보였고 세 번째 보고서야 나무들이 숲을 이루고 있다는 것을 발견할 수 있었다. 그리고 이제 네 번째. 이 천재 감독이 무엇을 숨겨두었을까, 내가 어떤 것까지 발견할 수 있을까. 하는 설렘을 안고 나는 극장으로 향한다. 이런 감정은 꽤 오랜만이다. 마치 스타워즈 시리즈를 처음 보았을 때와 같다’라고…… 레너드 말틴이 평론을 썼네요. 세상에.”

레너드 말틴, 세계 최고의 영화 평론가를 꼽을 때면 두 손가락 안에 드는 실력 있는 영화 평론가이자 배우이며 프로듀서다.

세계 최초로 별점 제도를 도입한 사람으로 유명하기도 한 그가 평론을, 그것도 칭찬했다는 것.

"이야…… 레너드 말틴이 극찬할 정도면 올해 영화제들 휩쓸고도 남겠는데."

흥행 성적으로 보나 유명 평론가들의 평가로 보나 역대급이라는 말이 부족할 정도의 열렬한 반응이 매일 쏟아지고 있는 상황.

유명 영화제들의 러브콜이 넘쳐날 것은 불 보듯 뻔한 일이었다.

"오스카, 칸, 베니스, 베를린 이런 국제적인 영화제에서도 강 감독 이름을 볼 수 있는 건가?"

"이름만 보겠어요? 이 정도면 상도 그냥 휩쓸겠는데."

강찬 본인보다 더 신난 사원들이 난리를 피우는 사이, 강찬은 자신의 집무실 한구석을 빤히 바라보고 있었다.

"강 감독, 안 신나? 레너드 말틴이 평론을 썼는데?"

"당연히 신나죠."

"근데 뭐해?"

"슬슬 트로피 진열장을 하나 둬야 할 것 같아서요. 여러분 말대로 이번 연도에는 상을 좀 받을 것 같은데 그냥 테이블에 올려두는 건 좀 그렇잖아요? 여기 어때요? 들어오는 입구에서 딱 보이고 좋을 것 같은데."

"……그래, 거기 좋겠네."

지금까지 쌓아온 모든 것들이 강찬의 등에 날개를 만들어 주었고 드디어 첫 날갯짓에 성공했다.

이제 남은 것은 말 그대로의 비상(飛上)뿐. 훨훨 날아갈 날들만 남은 것이다.

◀ 7장 ▶

확장(1)

할리우드 ATM 본사, 12층짜리 건물의 옥상에는 조그만 정원이 만들어져 있었다.

직원들의 휴게실 겸 흡연장으로 사용되는 장소였지만 이미 모두가 퇴근한 시간이었기에 인적이 없는 장소, 그곳에 강찬이 서 있었다.

"느린가."

여름의 초입, 흐르는 구름 사이로 떠오른 달을 보고 있던 강찬은 짧은 한숨을 내쉬었다.

유례없는 성공가도를 달리고 있는 사업가이자 영화감독이며 자산가. 거기에 천재 영화감독이라는 타이틀까지.

모두 강찬의 이름 앞에 달린 것들이었지만 정작 본인은 실감하지 못하고 있었다.

"100억 관객……."

휘황찬란한 현실을 실감하지 못하는 이유, 그리고 거기에서 오는 공허함의 원인은 하나였다.

이름도 모를 여자, 아니, 인간인지 악마인지도 모를 존재와 한 계약 때문.

그것을 떠올리자 눈앞으로 글귀가 떠올랐다.

[10,000,000,000명이 돈(욕망)을 지불하고 당신의 영화를 보게 만드세요.]

[관객의 수는 누적됩니다.]

[실패한다면 당신이 얻은 모든 기회가 박탈될 것입니다.]

[현재 욕망을 지불한 사람의 수 : 694,984,112]

[남은 기한 : 18년 2개월 11일]

'우리들'부터 '드라큘라'까지.

총 6편의 영화로 7억 명에 가까운 관객을 들였고 그로 인해 강찬은 이 자리까지 올 수 있었다.

"후."

짧은 한숨을 내쉰 강찬이 들고 있던 맥주를 한 모금 들이켰을 때, 그의 뒤에서 목소리가 들려왔다.

"힘드신가요?"

"켁!"

맥주를 마시다 사레가 들린 강찬이 쿨럭이며 뒤로 돌았고 밝은 달 아래 서 있는 그녀를 발견했다.

"큼, 큼, 오랜만입니다."

"놀라셨나 봐요. 미안해요."

한밤중에 갑자기 뒤에서 나타난 사람이 할 소리인가 싶지만, 그녀는 원래 그랬다. 입가를 문질러 닦은 강찬은 고개를 저으며 답했다.

"괜찮습니다."

"힘든 것이 괜찮다는 말인가요? 아니면 방금 놀란 게?"

그제야 그녀가 등장하며 건넨 말이 떠올랐다. '힘드신가요?' 하는 물음. 물론 힘들다.

하지만.

"둘 다 괜찮습니다."

"속마음과는 다른데요."

"그 힘듦과는 조금 다른 힘듦입니다. 쉽게 말하자면 모든 사람이 가지고 있는 힘듦이니 불평할 수 없다는 게 맞겠습니다만."

그녀는 이해한다는 듯 살짝 고개를 끄덕이더니 강찬의 곁으로 다가와 난간에 팔을 기댔다.

'이렇게 가까이서 본 적이 있었나?' 하는 생각도 잠시, 그녀의 붉은 입술이 열렸다.

"능력이 필요 없어졌나요?"

뜻밖의 물음이었다.

능력이 필요 없어졌냐니. 강찬은 잠시 생각하다 이내 고개를 저었다.

"그럴 리가요."

'발아'가 강찬에게 준 능력들은 그가 만든 영화에, 그리고 그의 삶 곳곳에 녹아들어 있었다. 더 이상 신경 쓰지 않아도 될 정도로.

"신경 쓰지 않아도 될 정도라……."

강찬의 속내를 읽은 그녀의 눈이 강찬과 마주쳤다. 그 순간, 묘한 한기를 느낀 강찬은 자신도 모르게 목덜미 쓸어내렸고 그때, 그녀가 말을 이었다.

"현실에 안주하시나요?"

"하려야 할 수가 없습니다."

"그럼 뭘 하고 있죠?"

충분히 노력하고 있습니다. 하는 말이 목구멍 끝에 걸렸다가 이내 삼켜졌다.

야심한 밤, 고민하고 있는 자신의 앞에 이 악마가 나타난 이유가 무엇일까, 하는 의문이 떠올랐기 때문.

'뭘 하고 있냐니.'

목표를 채우기 위해 최선을 다하고 있다. 그것을 몰라 물은 것은 아닐 터. 그렇다면.

"제가 최선을 다하고 있지 않다는 겁니까?"

"그야 자신이 더 잘 알지 않을까요?"

그녀는 묘하게 말의 템포가 빨라져 있었다. 화가 난 것인지, 답답한 것인지는 몰라도 강찬의 태도가 그녀를 흥분시킨 것은 자명한 상황.

그것에 궁금증이 인 강찬은 천천히 그녀가 했던 말들을 되짚었다. 그리곤 한 가지 맥락을 발견했다.

'힘듦, 그리고 능력.'

강찬은 자신의 실력이 어느 정도 궤도에 올랐다 생각한 후부터는 더 이상 능력을 얻으려 하지 않았다.

정확히는 그럴 필요가 없었기 때문.

그의 주변 사람들은 이미 발아를 마친 상태였고 매일 매일 성장하고 있었으며 강찬 자신 또한 능력을 키워나가고 있었다.

능력을 떠올리자 오랜만에 보는 발아 능력이 그의 눈앞에 떠올랐다.

[발아 능력 : 그림 - 발아 3단계(표현), 편집 - 발아 3단계(감정), 연기 - 발아 3단계(전달), 음주 - 3단계 (신주), 연설 - 발아 3단계(설득), 액션 - 발아 2단계(표현), 숙면 - 발아 3단계(불면), 연출 - 발아

3단계(신출). 영어 - 발아 2단계(유창). 발아 - 발아 3단계(발광) 중국어 - 발아 2단계(유창), 일본어 - 발아 3단계(유창), 화술 - 발아 3단계(재주) 통제 - 발아 3단계(희명), 심미안 - 발아 3단계(화안)]

거의 모든 능력이 발아 3단계에 이르러 있었으며 곧 개화(開花)를 앞둔 상태. 강찬은 자신의 능력을 훑어본 뒤 그녀를 바라보며 말했다.

"개화한 능력이 하나도 없습니다."

"그렇죠."

그녀가 말하길, 하나의 능력만 개화시키더라도 역사에 이름을 남길 수 있다 하였다.

잠시 잊고 있던 사실을 기억해낸 강찬은 묘한 설렘을 가라앉히기 위해 맥주를 한 모금 마신 뒤 말했다.

"알겠습니다."

"생각보다 빠르네요."

"예?"

"제가 지금까지 살아오면서 몇 명이나 되는 계약자를 만들었을 것 같으세요?"

계약자. 분명 자신과 같이 능력을 받은 이들을 이르는 말일터. 잠시 고민하던 강찬은 이내 고개를 저었다.

"모르겠습니다."

그녀가 몇 년이나 살아왔는지, 계약자가 되기 위한 조건이 무엇인지도 모르는데 어떻게 맞추겠는가.

"13명이에요."

"생각보다 적군요."

"예. 저는 까다롭거든요."

저는, 이라면 그녀와 같은 존재들이 더 있다는 뜻이며 그들은 그녀보다 많은 계약자를 두고 있다는 뜻이다.

'과연 누굴까.'

걸출한 천재들을 떠올려보던 강찬의 상념은 그녀의 목소리에 의해 깨졌다.

"13명, 당신까지 14명. 모두 당신과 같은 과정을 거쳤어요. 빠르게 성장했고 어느 순간부터 능력을 등한시했죠. 그리고 그들 중 딱 한 명만 '개화'의 벽을 넘었어요."

누구냐 물으려던 강찬은 입을 다물었다. 어차피 대답해 주지 않을 것을 알기 때문. 강찬의 생각을 읽은 것인지 그녀는 생긋 미소를 지으며 말을 이었다.

"나머지 12명은 모두 제 말을 받아들이지 않았어요. 받아들인 이도 있었지만 결국 자신의 고집을 꺾지 못했죠. 그런데 당신은 꽤 빠르게 받아들였고 그걸 말한 거예요."

유명한 속담 중 말을 물가로 데려갈 순 있지만 마시게 할 순 없다는 말이 있다. 그것과 같을 터, 아무리 큰 기회가 찾아오더라도 자신이 잡지 못한다면 기회는 떠나가기 마련.

"감사합니다."

"저야 제 욕망을 위해 하는 일인걸요."

맞는 말이다. 강찬은 살기 위해, 그녀는 자신의 욕망을 채우기 위해. 서로의 이해관계가 성립되니 거래가 시작된 것이고 이어지는 것이다.

"그래도 감사한 건 표현해야 다음에도 도와주지 않으시겠습니까?"

그녀는 다시 한번 입꼬리를 말아 올리더니 이내 고개를 끄덕였다. 그리곤 처음부터 그 자리에 존재하지 않았다는 듯 홀연히 사라졌다.

"……참."

눈 한 번 깜빡였을 뿐인데, 마치 꿈을 꾼 것 같은 기분. 강찬은 눈을 두어 번 비비고서야 그녀가 사라진 것을 인지하고선 다시 하늘을 바라보았다.

"또 바쁘겠어."

언제쯤에야 이 달리기를 멈출 수 있을까, 고민하는 것보다야 지금 달리기 위해 무엇이 필요한지를 고민하는 게 좀 더 옳지 않을까.

"개화라."

목적지는 있다. 이제부터 그 목적지로 향할 등불을 밝히고

배를 만들어 항로를 잡는 일뿐.

결론을 내린 강찬은 한 모금 남은 맥주를 시원하게 들이켠 뒤 불이 꺼진 건물로 향했다.

지이잉- 지이잉-

핸드폰의 진동에 눈을 뜬 안민영이 제일 먼저 확인한 것은 시간이었다.

AM 6:20

"후……."

클라이언트들을 만나고 돌아와 잠이 든 지 이제 3시간이 지났는데 또 전화라니. 안민영은 무시하고 자려다가 액정에 뜬 이름을 확인했다.

-사장님.

"아후……."

한 번 더, 아까보다 깊어진 한숨을 내쉰 안민영은 한껏 미간을 찌푸린 채 통화 버튼을 눌렀다.

"예."

-안 PD님, 아침 9시에 임원 회의가 있을 예정입니다.

"오늘?"

-예.

"일정에 없던 일, 맞지?"

-예.

오늘은 6월 1일, '닥터 프랑켄슈타인'과 '드라큘라' 두 편의 영화가 관객을 갈퀴로 쓸어 모으며 박스 오피스 1위와 2위를 석권한 지 3주가 되는 날이다.

"그럼 엄~청 중요한 일이겠네."

-그럼요.

안민영이 아는 강찬은 절대 업무시간 외 시간에 공적인 일로 전화를 걸지 않았다. 쉴 땐 쉬고 할 땐 하자는 마인드가 뿌리 깊이 박혀 있었기 때문.

그런 강찬이 꼭두새벽부터 전화해서까지 회의를 잡고 있다는 것은 정말 중요한 일이라는 뜻.

"……그래. 다른 임원진들은?"

-다 전화 돌렸고 안 PD님이 마지막이에요.

"나름의 배려?"

-그렇다고 볼 수 있죠.

"눈물 나게 고맙네. 1시간 내로 갈게."

-항상 감사드립니다.

"예, 예."

영혼 없는 대답과 함께 전화를 끊은 안민영은 침대에서 일어나 창밖을 바라보았다. 어느새 6월. 어슴푸레 떠오른 태양이 서서히 어둠을 걷어내고 있었다.

양손에 아이스 아메리카노 두 잔을 든 안민영이 회사에 도착했을 때, 그녀보다 먼저 도착한 이사들이 인사를 건네 왔다.

도대체 몇 시부터 전화를 돌린 거야, 하는 생각도 잠시. 통유리로 만들어진 작업실 안에 있는 강찬의 모습이 눈에 들어왔다.

어제와 같은 정장을 입은 모습, 주색에는 관심 없는 강찬이 어디서 놀다 밤을 새웠을 리는 없다. 그렇다면.

"……퇴근 안 했어?"

아이스 아메리카노를 건네받은 강찬은 짧게 고개를 끄덕이고선 밤새 준비한 서류를 안민영에게 건넸다.

"이게 뭐야. 확장안 챕터 1?"

"예."

"뭘 확장하겠다는 거야?"

안민영은 이 두툼한 서류 뭉치가 자신, 그리고 임원진들을 꼭두새벽부터 깨운 원흉임을 깨닫고선 빠르게 넘겨보았고 이내 떡하고 입을 벌렸다.

"맙소사. 회사 직원 300명을 더 뽑겠다고? 임원진도 대폭 늘리고…… 이건 또 뭐야. ATM 유니버스?"

100페이지가 넘는 서류의 챕터 제목만 확인하는데도 1분이 넘게 걸렸다. 총 7개의 챕터로 나눠진 서류는 앞으로 ATM이 나아갈 방향과 추구할 분야를 통틀어 확장하겠다는 내용으로 이루어져 있었다.

"언제부터 준비한 거야?"

"머릿속으로 생각한 지는 좀 됐고 작성한 건…… 한 7시간 됐나."

7시간 동안 A4지 100장을 썼다니.

"책을 필사하더라도 그것보단 더 걸리겠다."

"제가 손이 좀 빨라서."

그렇겠지. 하고 무성의한 대답을 한 안민영은 아예 자리를 잡고 앉아 서류뭉치를 읽기 시작했다. 주요 내용만 읽었는데도 걸린 시간만 40분이 넘게 걸렸다.

그렇게 마지막 페이지를 넘겼을 때, 안민영은 자신도 모르게 참았던 숨을 길게 내쉬며 말했다.

"최종 목표가 어마어마하네."

"전에 말씀드리지 않았었나요?"

"난 농담인 줄 알았지."

"전 농담 안 해요."

"그래. 잘 알지."

안민영은 천천히 고개를 끄덕이며 마지막 페이지, 마지막 줄에 쓰인 글귀를 다시 한번 읽어보았다.

-우리의 목표는 100억 관객입니다.

ATM 본사, 대 회의실에 강찬을 비롯한 임원진들이 모두 모여 있었다.

보통 임원진들의 출근 시간은 탄력적으로 운용된다. 회사에 있는 시간보다 외근하는 시간이 더 많기도 하고 직책에 대한 혜택이기도 하다.

그런 이들을 이런 이른 아침부터 끌어모았다는 것은, 그것도 사적인 터치를 전혀 하지 않는 강찬이 그랬다는 것은 그만큼 중요한 안건이 있다는 뜻.

그렇기에 10명에 가까운 임원진들의 얼굴에는 귀찮음이나 피곤함보다는 호기심과 궁금증이 가득 차 있었다.

"회의를 시작하기 전, 일단 이른 아침부터 열린 회의에 참여해 주신 여러분께 감사드립니다."

짧게 고개 숙여 감사를 표한 강찬은 자신의 앞에 놓인 서류 뭉치에 손을 올리며 말을 이었다.

"원래는 시간을 두고 천천히 해야 할 이야기지만 당장 시작해야 할 일이라는 생각에 이렇게 자리를 만들었습니다. 여러분 모두 안건을 보셔서 아시겠지만 제가 하고자 하는 것은 '확장'입니다."

"확장이요?"

"예. 우리가 영화계에서 다루고 있는 영역의 확장, 나아가 전체적인 회사 규모의 확장, 할리우드 메이저 6대 영화사의 반열에 이름을 올리고 마지막으로, 그중 1위가 되어 100억 관객을 들이는 것이 확장의 목표입니다."

2009년, 디즈니는 마블 엔터테인먼트를 40억 달러에 인수하게 된다. 이는 앞으로 있을 '마블 유니버스'라 불리는 어마어마한 세계를 만들 발판이 되고 또 모든 영화사 중 가장 앞서나가게 되는 신의 한 수가 된다.

이후 디즈니는 '스타워즈 시리즈' 그리고 '인디아나 존스 시리즈'로 유명한 루카스 필름, 나아가 20세기 폭스까지 인수하며 명실상부 최고의 영화사로 군림하게 된다.

즉, 강찬의 영화사 ATM이 디즈니를 앞서는 데 필요한 것은 그들과의 덩치를 맞추는 것.

"그 첫걸음이 될 것은……."

"잠시만요. 100억 관객 말입니까?"

임원 중 한 명이 손을 들며 물었고 강찬은 그게 무엇이 문제냐는 듯 그를 바라보며 답했다.

"예."

"그…… 예, 말씀 이어 하시지요."

"알겠습니다."

손을 들었던 임원은 당찬 강찬의 태도에 머쓱해진 손을 내리곤 입을 다물었다.

아직 안건을 전부 들은 것도 아니거니와 최종 목표라는데 딴지를 걸 이유가 없던 것.

"그럼 이어서, 저희의 첫걸음은 '인원의 확장'입니다."

아무리 컴퓨터가 발전했고 IT 시대라지만 사람 한 명이 해결할 수 있는 업무의 양은 정해져 있다.

회사가 더 커지기 위해서 인원의 확장은 당연한 이치. 임원진들이 고개를 끄덕이는 사이 강찬이 말을 이었다.

"두 번째는 저작권의 확보입니다."

많은 이들과의 예상과는 다른 말에 임원들의 눈에 의문이 떠올랐고 강찬은 곧바로 그들의 소리 없는 의문에 응답했다.

"슈퍼맨과 배트맨을 모르시는 분 혹시 계십니까?"

현시대를 살아가는 사람이라면 아무리 서브 컬처에 관심이 없더라도 들어볼 수밖에 없는 이름들이다.

슈퍼맨과 배트맨.

"그렇다면 아이언맨과 캡틴 아메리카, 스파이더맨은요?"

여기까지는 많은 이들이 고개를 끄덕였다. 하지만 다음에 나온 이름들에는 많은 이들이 모르겠다는 듯 눈동자를 굴릴 수밖에 없었다.

"톡신, 호크아이, 유니언 잭, 실버 폭스 이런 이름들은 잘 모르시는 분들이 많으실 겁니다. 2008년 아이언맨이 흥행하기 전까지도 비슷할 겁니다. 아이언맨이라는 캐릭터가 존재하는 걸 모르는 사람이 더 많았습니다."

강찬 또한 그러했다. 2008년 아이언맨 시리즈의 첫 편이자 마블 유니버스를 전 세계에 알린 작품, 아이언맨 1편이 없었다면 강찬은 아이언맨이 어떤 캐릭터인지도 모르고 평생을 살아갔을 것이다.

"예로 히어로 코믹스들을 들긴 했습니다만, 맥락은 같습니다. 당장 북미뿐만 아니라 전 세계에는 수많은 드라마와 소설, 만화들이 있습니다. 그리고 이것들은 전부 아이디어고 IP(지적 재산권 : intellectual property rights)이 됩니다."

IP라는 단어가 나오고서야 이해를 한 임원진들이 고개를 끄덕였다.

될성부른 작품의 지적 재산권을 미리 구매해 둔 뒤 괜찮다 싶은 작품을 영화로 만드는 것은 이미 수많은 영화사와 제작사들이 하고 있는 일이기 때문.

일례로 대한민국 국내의 L사나 C사 같은 경우에는 장르를 가리지 않고 500~3,000만 원 사이의 금액을 제시하며 IP를 사 모은다.

사 모은 IP, 즉, 소설이나 영화, 드라마와 만화 등 서브 컬처는 그대로 썩힐 때도 있고 다른 서브 컬쳐로 제작하기도 한다.

"저작권 확보를 안 하시는 이유가 있는 것 아니었습니까?"

강찬은 지금까지 자신의 시나리오로 오리지널리티가 있는 영화만 만들어 왔기에 굳이 저작권 확보를 할 필요가 없었다.

하지만 지금은 다르다.

"지금까지의 ATM은 오직 저만을 위한 회사나 다름없었습니다. 아니, 그 자체였죠. 하지만 그래서는 발전할 수 없습니다. 제가 만드는 영화만을 위한 ATM은 한계가 있을 수밖에 없으니까요."

말이야 맞는 말이지만. ATM의 아이덴티티는 강찬이다. 지금껏 그래왔고 앞으로도 그럴 것이라 생각했는데, 갑자기 달라진 것에 의문을 품는 것은 당연한 결과.

하지만 그의 말에는 동의할 수밖에 없었다.

"그럼 다른 영화사들처럼 픽업 단계를 거치시겠다는 말씀이십니까?"

픽업 단계란, 시나리오를 구하고 그에 맞는 감독과 각본가 등을 영입하는 단계를 말한다. ATM은 시나리오 라이터와 감독, 그리고 각본가를 모두 강찬이 담당했기에 지금까지 단 한 명도 영입하지 않았던 분야.

안민영에게도 '준비하라'라고 말했을 뿐, 아직 시작하지 않았던 분야다.

"예."

1인 체제, 어찌 보면 독재라고 할 수 있던 구조를 전부 변경하겠다는 파격적인 선언을 하면서도 강찬의 표정에는 변화가 없었다.

"갑자기 정한 결정은 아닙니다. 오랜 시간 고민해 왔고 또 수많은 방안을 생각한 결과 더 이상 지체할 수 없다는 결론이 났기에 이렇게 말씀드리게 된 겁니다."

"알겠습니다."

회사의 규모가 커진다면 강찬이 신경 써야 할 부분은 지금보다 더욱 줄어들 것이다. 그리고 규모가 커진다면.

"그리고 다음은, 세 편의 동시제작 건입니다."

"다크 유니버스를 빠르게 끝내겠다는 말씀이십니까?"

"예."

강찬의 손이 닿은 다크 유니버스는 '아이언맨'을 필두로 한 마블 유니버스, 그리고 스타워즈를 제치고 굿즈 판매 1위를 차지했다.

비록 2위와 천만 달러도 차이 나지 않는 상황이긴 하지만 1위를 차지하고 유지하고 있다는 것이 더 중요한 상황.

그래서 문제가 된다.

"엄연히 따지자면 다크 유니버스는 우리의 것이 아닙니다. 유니버셜 픽쳐스의 것이죠. 우리 ATM이 독자적인 유니버스, 편의상 ATM 유니버스라 하겠습니다. ATM 유니버스를 만들었다고 가정하겠습니다. 그럼 가장 큰 적은 누가 될까요?"

"……다크 유니버스겠군요."

"그렇습니다. 제가 만든 다크 유니버스가 우리 ATM의 가장 큰 적이 되는 아이러니한 상황이 벌어지게 되겠죠. 그렇기에 빠르게 끝내려 하는 겁니다."

유니버셜 픽쳐스와 남은 계약은 3건, 만약 1년의 한 편씩 3년을 제작한다면 유니버셜 픽쳐스의 폭주는 막을 수 없게 될 것이 불 보듯 뻔하다.

강찬이 영화를 만들고 있는 동안 그들이 손을 놓고 있을 리도 없거니와 다른 제작사들 또한 빠르게 뒤쫓을 것이 분명하기 때문.

"이해합니다."

"동의합니다."

"그런데 가능하시겠습니까? 아니면 세 편의 영화 중 한두 편은 다른 감독에게 맡기려 하시는 겁니까?"

모두가 동의하는 사이, 무테안경을 쓴 대머리의 흑인이 물어왔다. 그의 이름은 타지 맥대니얼, 영화 제작의 실무, 즉 안민영과 같은 메인 PD의 역할에 있는 임원진이었다.

평소에도 입에 발린 소리는 절대 하지 않는 시니컬한 물음에 강찬의 시선이 그에게로 향했다.

"제가 모두 지휘할 예정입니다."

"지휘라고 함은?"

"저번 두 편의 영화와 같습니다. 한 달의 텀을 두고 세 편을 시작할 예정이고 그에 대한 구체적인 계획을 세우고 있습니다."

타지 맥대니얼은 흠, 하는 침음을 흘린 뒤 물었다.

"차라리 4개월씩 나눠서 연달아 3편을 찍는 편이 더 좋지 않겠습니까?"

"각기 다른 영화라면 그게 나을 수 있겠지만 이번 영화 세 편은 이어지는 영화입니다. 자세한 사항은 시나리오와 각본이 완성되면 더 정확히 알려드릴 수 있습니다."

시나리오 라이터 겸 각본가 겸 감독 겸 사장이 그렇다는데 더 붙일 말은 없었다. 타지 맥대니얼은 고개를 끄덕인 뒤 말했다.

"배우와 스태프. 둘의 스케줄을 맞추는 것도 일인데 그 일이 세 배로 불어난다면. 쉽지 않은 일이 될 겁니다."

"그래서 필요한 게 인원의 확장이죠. 지금 보유한 인원으로도 수월하게 두 편을 제작했습니다. 세 편이라고 어려울 건 없다고 보이며, 또 제가 자신합니다."

강찬의 호언장담에 타지 맥대니얼의 입꼬리가 씩 올라갔다. 만약 다른 사람, 이를테면 23살의 동양인 사장이 강찬이 아닌 다른 이름을 가진 이였다면 말도 되지 않는 소리라며 반대표를 던졌을 것이다.

하지만 자신의 앞에 앉아 있는 이는 강찬이라는 이름을 가진 사내, 말하는 대로 이루어 내버리는 그런 이었다.

"보스가 그렇게까지 말한다면야, 알겠습니다."

타지 맥대니얼의 말이 끝나자 강찬은 차로 목을 축였고 그의 동작에 한껏 날 섰던 분위기가 사르르 녹아내렸다.

"그럼 다음 안건으로 넘어가겠습니다."

사라락, 하는 종이 넘기는 소리와 함께 강찬의 목소리가 회의장에 울렸고 회의는 차근차근 진행되었다.

회의라기보다는 강찬이 안건을 말하고 임원진들의 궁금증을 해결해 주는 식이었지만, 그에 반감을 표하는 이는 없었다.

회의 도중, 잠깐의 휴식이 주어졌고 타지 맥대니얼은 담배를 피우기 위해 옥상으로 올라왔다.

그가 올라오고 얼마 지나지 않아 다른 임원들이 올라와 그의 옆에 앉으며 말을 꺼냈다.

"서류 뭉치 두께 봤나? 그게 7시간 걸린 거라는군."

"7일이 아니라?"

"그러니까 말일세."

"허."

타지 맥대니얼은 어이가 없다는 듯 담배 연기를 길게 뿜어냈다. 아무리 머릿속에서 정리된 것들이라 하더라도 그걸 끄집어내는 것은 또 다른 일이다.

"천재는 천재인 모양이야."

"그러니까 난다긴다하는 임원들이 아무런 말 없이 저 황당한 회의를 이어가고 있는 것 아니겠나."

"그렇지."

회의보다는 수업의 느낌이다. 강찬이 교수고 나머지가 임원들이 학생인 수업. 그가 개념을 설명하면 나머지는 이해하고 모르는 것을 묻는다.

자신보다 서른 살은 더 어린 이에게.

다시 한번 헛웃음을 흘린 타지 맥대니얼은 담배를 비벼 끄며 말했다.

"그래도 좋구먼."

"어떤 게 말인가?"

"뭔가 가슴 속에서 솟아나는 게 있지 않나? 이를테면 열정 같은 거 말일세."

"그야 있지. 그것 때문에 웃기지도 않는 이름의 회사에 온 거고."

ATM(Automated Teller Machine), 현금 지급기와 같은 이름을 떠올린 타지는 동료를 바라보며 말했다.

"슬슬 들어가지. 자네와 말하다 보니 안건이 하나 생각났어."

"담배 때문 아니고?"

"담배나 자네나 친구인 건 매한가지인데 뭐 어떻겠나."

타지 맥대니얼의 동료는 그건 그렇지, 라는 말과 함께 그의 뒤를 따라 회의장으로 향했다.

아침 9시에 시작된 회의는 6번의 휴식 시간, 그리고 한 번의 식사 시간을 거치고서 오후 7시가 돼서야 끝을 보였다.

"그럼 초안은 여기까지 하겠습니다. 나머지는 각 부서의 임원분들과 개별로 진행하도록 하겠으며 이에 대해 보충 안건이 있으시거나 새로운 생각이 있으신 분들은 언제라도 말씀해 주시면 감사드리겠습니다."

"네."

"예."

가지각색의 대답 후, 강찬이 먼저 자리에서 일어서자 임원진들이 다리를 주무르며 하나둘씩 자리에서 일어섰다.

"너무 오래 앉아 있으려니 다리가 다 저리네."

"그거 하지정맥류일 수도 있으니 조심하게."

"……뭐?"

ATM의 전 임원진들이 모인 회의가 끝나고 1시간 뒤, ATM의 홈페이지에 여러 개의 글이 동시에 올라왔다.

[ATM 하반기 시나리오 라이터 공개채용]

[ATM 하반기 경력직 연출부 공개채용]

[ATM 하반기 경력직 제작부 공개채용]

[ATM 하반기 경력직 미술부 공개채용]

…….

내용은 흔하디흔한 공개채용 공지였지만 공지가 불러온 파장은 전 세계 영화인들의 가슴을 뜨겁게 달구었고 그 여파는 곧바로 인터넷으로 이어졌다.

'닥터 프랑켄슈타인'과 '드라큘라'의 기록적인 흥행으로 인해 전 세계의 이목을 끌고 있는 영화 제작사, ALL TIME MANAGEMENT(이하 ATM)에서 대규모 공개채용이 시작되었다.

이미 300여 명의 직원을 두고 있는 ATM은 종합 영화 제작사라 불러도 손색이 없을 만큼의 규모를 자랑하고 있는 상황.

그럼에도 하반기 공개채용을 열었다는 것은 ATM의 대표, 강찬 감독의 영화 두 편의 흥행에 힘입어 회사를 확장하겠다는 포부를 밝힌 것으로 보인다.

이에 기존 제작사들은 자신들이 보유한 인재들의 헤드헌팅을 방지하기 위해 연봉 협상과 성과급 지급 등, 여러 가지 수를 두며 방어에 나섰다.

그리고 공개채용 글이 올라온 후 일주일이 지나 6월 8일.

LA, 유니버셜 픽쳐스의 본사. 헤드 디렉터 안토니 갤리웍스의 사무실에서는 안토니와 그의 오른팔, 헤르무트 두 사람이 마주 앉아 있었다.

"안토니, 혹시 연락받으셨습니까?"

"무슨 연락?"

"ATM에서 대규모 공채를 진행한다고 합니다."

"얼추 들어서 알고 있네."

"영화 제작 관련부터 회사 경영에 관한 부문까지, 누가 보면 새로운 회사 하나 세우는 줄 알 정도로 많습니다. 거기다 모든 부문이 0명 채용입니다."

0명 채용이라는 것은 말 그대로 0명이 될 수도, 100명이 될 수도 있다.

"물 들어올 때 노 젓겠다는 거지."

"'닥터 프랑켄슈타인'하고 '드라큘라' 둘 다 역대급으로 흥행 성적을 올린 데다 후속작들까지 라인업이 어마어마하니 이상한 일은 아니긴 합니다만."

안토니는 들고 있던 시가로 머리를 긁적였다. 비위생적인 행동에 미간을 찌푸렸던 헤르무트는 아, 하는 말과 함께 말을 이었다.

"강 감독 쪽에서는 별말 없습니까?"

"오늘 오후에 캐스팅 건으로 찾아오겠다고 했네. 이런 걸 터뜨린 다음에 찾아오는 의도를 알아야겠지."

"의도라."

단순히 배우 캐스팅에 대해 논의를 하기 위해 찾아오는 것은 아닐 터, 시가의 끝을 자르고 불을 붙인 안토니가 한 모금을 내뱉고선 말했다.

"강 감독 입장은 지금 곧 함락해야 할 성에 기둥을 세우고 쌀을 퍼주고 있는 셈일세."

"그렇게 볼 수 있겠군요."

"자네라면 어떻게 하겠나?"

"기둥을 대충 만들고 약점을 파악하고, 쌀에는 독을 풀지 않겠습니까."

헤르무트의 말에 안토니는 고개를 휘휘 저었다.

"그건 낮은 수일세. 강 감독 성격에 그렇게 하지도 않을 거고. 외려 지금까지 그래왔듯 최고의 영화를 만들겠지."

"그럼 높은 수는 뭡니까?"

"내가 고민하는 게 그거라네. 과연 강 감독은 무슨 수를 쓸까."

그의 물음에 헤르무트는 의자에 몸을 기댔다. 만약 내가 강찬이라면 어떤 수를 쓸까? 고민은 얼마 가지 않아 나왔다.

"다크 유니버스보다 더 나은, 그리고 재미있는 세계를 만들지 않을까요."

"나도 그렇게 생각하네만. 자네는 그게 가능할 거라고 보이나?"

강찬의 손끝에서 만들어진 '다크 유니버스'는 재미있다. 단순히 재미뿐만 아니라 수많은 의미가 담겨 있으며 보는 사람에게 생각을 하게 만드는, 말 그대로 '명작'이다.

"다른 사람이라면 몰라도…… 강찬 감독이라면 지금보다 더 성장할 겁니다."

"그럼 우린 어떻게 해야 할까?"

"그보다 나은 인재를 찾거나, 만들거나, 붙잡아야겠죠."

"셋 다 불가능하군."

헤르무트는 안토니의 회의적인 대답에 무어라 항변을 하고 싶은지 입술을 달싹였지만 떠오르는 말이 없었다.

"여러모로 참, 대단한 사람입니다."

고민 끝, 나온 결론은 강찬의 칭찬뿐. 헤르무트의 말에 안토니는 너털웃음을 터뜨렸고 그렇게 두 사람의 티타임은 끝이 났다.

시가의 푸른 연기가 자욱한 안토니 갤리웍스의 사무실. 강찬은 들어옴과 동시에 창문을 열어젖히며 말했다.

“오랜만에 뵙습니다.”

“얼추 두 달 만이구만 그래.”

“슬슬 건강도 생각하셔야 하지 않겠습니까.”

“내가 건강을 챙기면 유니버셜과 계약 연장을 생각해 볼 텐가?”

강찬이 유들유들한 웃음을 흘리며 자리에 앉자 안토니는 큼, 하고 기침을 하더니 다시 시가를 빼 들었다.

“우리가 했던 약속이 있던 거로 기억하네만.”

3달 전, 프라이빗 시사회에서 안토니와 강찬은 하나의 약속을 했었다. 무슨 일이 벌어지기 전 제일 먼저 이야기를 해주겠다고.

“예. 저도 기억합니다.”

“그럼 내가 노망난 건 아니라는 것이고. 자네가 나를 찾아왔다는 건 일주일 전에 발표한 것은 아무것도 아닌 일로 만들 '큰 일'을 알려주기 위해 왔다는 것으로 해석해도 되겠나?"

연륜이라는 게 이래서 무섭다.

대화의 주도권을 잡는 것이라면 누구 앞에서도 밀리지 않을 강찬이었지만 연륜, 그리고 친밀한 관계가 더해지면 그게 어려워진다.

"누가 어떻게 해석하기에 달려 있겠지만 제 생각에는 그렇습니다."

"자네 생각이라면야."

불을 붙이지 않은 시가를 손가락 사이로 굴리던 안토니는 만족스럽다는 듯 미소를 지은 뒤 시가를 내려놓았다.

"일단 일부터 이야기하고 말씀드리겠습니다."

"자네가 가져온 게 얼마나 큰 건인지 모르니 나는 자네에게 캐스팅 카드 대부분을 양보해야 하는, 그 일 말인가?"

"그렇게 해주시면 감사하죠."

늙은 여우와 능구렁이의 대화가 이러할까.

하지만 강찬의 대답이 나쁘지 않다는 듯 안토니는 껄껄 웃었고 강찬 또한 씩 웃었다.

"세 편 모두 정할 텐가?"

"예."

안토니는 그럴 줄 알았다는 듯 고개를 끄덕인 후 서류철을 꺼내 강찬에게 내밀었다.

"8명. 이 사람들만 넣어주면 우리는 더 이상 신경 쓰지 않기로 했네."

배우 8명의 필모그래피, 그리고 신상명세가 담긴 서류철이었다. 그중 세 명은 '주연'이라는 딱지가 붙어 있었으며 나머지 다섯은 '조연'이 붙어 있었다.

"이렇게 양보하시면 부담스러운데요."

"위에서는 간이고 쓸개고 다 빼주려는 걸 내가 막은 걸세. 뭐, 정 부담스러우면 한두 자리 더 내주던가."

"호의는 거절하는 게 아니라 배웠습니다."

안토니가 내민 서류철을 가방에 집어넣은 강찬은 자세를 고쳐 앉았고 그에 따라 분위기가 달라졌다.

강찬이 표정과 자세를 달리한 것만으로 대화할 분위기를 조성하자 안토니 또한 테이블 쪽으로 몸을 기대었다.

"전에도 한 말 같네만, 자네가 영화감독이 아니었다면 당장에라도 계약했을걸세."

"뭘로 말입니까?"

"뭐든, 로케이션 매니저든, 픽업 매니저든, 사람 대하는 일이라면 다 잘했을 것 같네."

쉰쯤에 강찬의 능력을 가지고 있다면 조금 특출난 사람이겠지만, 지금의 강찬은 이십 대 초반이다. 그러니 대단하다고 느낄 수밖에.

"그래서, 자네의 패가 뭔가?"

"제 목표입니다."

"목표라……."

강찬은 차분히 자신의 목표를 밝혔다. 1년 안에 세 편의 영화 제작을 마칠 것이며 그 이후에는 곧바로 자신의 유니버스, ATM 유니버스를 만들 것이라는 포부까지도.

핵심 액기스만 뽑아 이야기한 것임에도 30분이 넘는 시간이 걸렸고 모든 이야기를 들었을 때, 안토니는 시가를 물고 불을 붙였다.

"너무 많은 이야기를 들었군."

"그만한 가치가 있으신 분이니까요."

깊게 연기를 들이켜던 안토니의 눈이 동그래졌다. 그가 놀랄 것이라 생각하지 못했던 강찬은 그와 눈을 맞추었다.

"왜 놀라십니까?"

"자네가 날 그렇게 높게 평가하고 있는 줄 몰랐는데."

"제가 어떻게 안토니를 평가합니까."

"그 있지 않나. 천재들 특유의 잣대라 해야 할까. 모든 이를 자신의 아래로 보는, 그런 것 말일세."

강찬은 휘휘 손을 저었다.

"그런 거 없습니다. 안토니는 존경받아 마땅한 분이고 말입니다."

"호, 마음에 없는 말이라도 기분은 좋구먼. 그래서 날 영입하려고?"

"안토니가 오신다면야 언제든 환영입니다만, 유니버셜 픽쳐스에서 고용한 히트맨을 만나고 싶진 않습니다."

방금까지 강찬이 말했던 계획대로 모든 것이 이루어진다면 유니버셜은 2년 안에 왕위에서 내려오게 될 것이다.

그리고 그 왕위는, 자신들을 왕위에 앉혀주었던 이가 찬탈해 갈 것이고. 그런 와중에 핵심 디렉터까지 빼간다면 사이가 안 좋아질 것은 당연지사.

"무슨 상관있나? 여기가 어디인지 잠깐 잊은 모양인데 여긴 유나이티드 스테이티드 오브 아메리카, USA일세. 자유경쟁 사회에서 도태된 이는 역사의 뒤안길로 사라지기 마련이고 유니버셜 픽쳐스라고 해서 그 법칙이 빗겨 갈 일은 없네."

"진짜 생각이 있으신 겁니까?"

진지한 대답에 덩달아 진지해진 강찬이 묻자 안토니는 어깨를 으쓱였다. 늙은 여우 같으니.

"자네가 나에게 해준 이야기는 아주 중요한 것이긴 하네. 전 세계가 주목하는 기업인 ATM이 어떻게 나아갈지, 내부 사항을 이야기해 준 것이나 마찬가지니까."

"그렇죠."

"그런데 이게 나 개인에게는 중요한 정보가 될 수 있지만, 기업에는 아니라 생각하네만."

"해석하기 나름 아니겠습니까."

"누가 영화감독 아니랄까 봐 복선인가."

어떻게 사용하느냐에 따라 달라질 정보다. 물론 시간이 지나고 나서야 모두가 알게 될 정보이지만, 정보란 것이 어느 시점에 어떻게 알게 되느냐, 그리고 어떻게 사용하느냐에 따라 가치를 매길 수 없을 만큼 비싸지기도, 싸지기도 한다.

하물며 안토니 정도의 위치에 앉아 있는 이가 본격적으로 이용하기 시작한다면 그 가치는 어마어마할 터.

"내가, 정확히는 내 회사겠지. 어쨌거나 훼방을 놓으면 어쩔 텐가?"

"제 업보겠죠."

자신의 과오가 될 것이라는 투였지만 실상은 '해볼 테면 해보아라.'였다. 그만한 자신이 있으니 말했다, 그리고 너를 믿은 나의 잘못이다. 수많은 의미가 포함된 한마디.

안토니는 안민영의 그것과는 조금 다른, 오케이! 라는 말과 함께 손을 내밀었다.

"다음에 연락하겠네."

안토니를 영입할 생각이 없는 것은 아니었다. 그저 바람이나 불어 넣어놓을 생각이었을 뿐. 한데 거목이 흔들리고 있다.

이유는 훤히 보였다.

그간 강찬이 해온 것들을 가까이서 본 사람이기 때문. 그를 유니버셜로 데려온 것도 그이며 여섯 편의 계약을 한 이도 안토니다.

그렇기에 흔들리는 것이다.

'이해는 된다만.'

남자는 나이를 먹어도 남자다. 가슴에 달린 훈장 하나를 더 늘리기 위해, 공을 세워 출세하기 위해 목숨을 거는 이들.

안토니 또한 아직 한 걸음 나아가고 싶은 사내인 모양.

"기다리겠습니다."

강찬의 짧은 생각이 끝남과 동시, 두 사람의 악수 또한 끝이 났다.

6월 15일, ATM 하반기 공개채용이 발표되고 2주가 지난 지금.

강찬은 편집과 연출 두 가지를 '개화'시키기 위해 죽을 힘을 다해 노력하는 중이었다.

"후……."

물론 성과는 없었다. 위층이 존재하는 건 아는데 올라갈 계단, 아니, 방법조차 모르겠는 느낌. 정확히는 위로 가야 할지 아래층으로 내려가야 할지 방향조차 모르겠다.

강찬이 긴 한숨을 내쉬며 마우스와 키보드에서 손을 뗄 때, 누군가 문을 두들겼다.

"파라예요."

"나이스 타이밍. 들어오세요."

"나이스 타이밍이요?"

"머리 식힐 시간이 필요했습니다. 딱 좋은 타이밍이고, 파라는 항상 좋은 소식을 가지고 오시니까 나이스 타이밍."

파라는 수작 부리지 말라는 듯 검지를 좌우로 흔들고선 들고 온 노트북을 건넸다.

"아이패드가 얼른 나와야 할 텐데."

아이패드가 나오면 굳이 노트북을 들고 다닐 필요도 없다. 아이패드 1세대의 발매일은 2010년 4월쯤. 그때가 되면 사원들에게 아이패드를 지급해야겠다는 상념에 잠길 때쯤, 파라가 그를 현실로 끌어왔다.

"아이패드가 뭐에요?"

"애플에서 나올 신제품입니다."

"오…… 아, 그건 그렇고 이것 보세요."

파라의 노트북 위에 떠 있는 것은 하나의 기사였다. 기사의 제목은.

[ATM 하반기 공개채용 2주 차, 지원자 300만 명 돌파!]

"……300만이요?"

영화 관객으로 300만이라면, 참 적다 생각할 것이다. 하지만 이건 '공개채용'이다. 일일이 심사를 봐야 하는 공개채용. 물론 1차야 서류 전형으로 떨어뜨릴 수 있다지만…….

순간 영화감독 오디션, 'MAGNIFCENT FLIM' 때의 악몽이 떠오른 강찬은 고개를 휘휘 저으며 파라를 바라보았다.

"이 정도 인원 심사 감당 가능하십니까?"

"저는 광고 담당이라 잘 모르겠어요."

"……후."

"행복한 고민은 나중에, 일단 기사부터 읽어보세요. 내용이 죽여줘요."

죽여준다니, 300만이라는 숫자가 이미 목을 죄는 기분인데. 경사에 기쁨보다는 걱정이 앞서는 것은 좋지 않다.

강찬은 고개를 휘휘 젓고선 기사를 정독하기 시작했다.

[ATM 하반기 공개채용 2주 차, 지원자 300만 명 돌파!]

-사람들은 무엇 때문에 ATM에 열광하는가? 그리고 그 열광을 받는 주인공, ATM이라는 금자탑을 세운 영화감독 강찬. 그는 누구인가?

종합 영화 제작사 ALL TIME MANAGEMENT(이하 ATM)의

하반기 공개채용 지원자가 300만 명을 넘어섰다.

6월 1일 시작된 공개채용은 14일이 지난 지금 조회 수가 억 단위를 넘어가며 그 인기를 만천하에 드러내고 있다.

ATM의 사장인 강찬 감독의 모국, 대한민국과 그가 영화를 제작하는 할리우드의 나라, 미국뿐만 아니라 전 세계적으로 지원이 끊이지 않고 있는 상황, 심지어 경력직 모집임에도 불구하고 지원자는 계속 늘어나는 추세다.

(중략)

……이에 저명한 사회경제학자 로벤 뒤네토는 '직장인들은 안정, 그리고 비전을 원한다'라는 한마디로 이 현상을 정의했으며 다른 학자들 또한 그와 비슷한 의견을 내놓으며 그의 말을 뒷받침했다.

즉, 300만 명이 넘는 경력직 직장인들이 현재 일하고 있는 회사보다는 ATM이 안정성 있고 비전이 있다고 판단한 것.

(중략)

아메리칸 드림.

19세기 시작된 아메리칸 드림은 수없이 많은 부자를 탄생시켰고 그에 따라 더 많은 사람이 미국을 찾았다.

하지만 21세기가 된 현시점, 아메리칸 드림은 말 그대로 드림이 되어버렸으며 사전적 의미로만 존재하는 지금.

강찬 감독, 그가 세운 ATM이라는 거대한 회사는 아메리칸 드림의 결정체가 되어버린 것이다.

일례로 스티븐 잡스가 유명해짐과 동시에 애플 신규 채용의 지원율이 급상승한 것과도 같은 이치.

물론 강찬과 스티븐 잡스, 애플과 ATM을 비교할 순 없지만, 한 회사가 성장하는 데에 있어 한 사람이 기여한 정도를 볼 때 평행을 이루고 있음은 부정할 수 없는 사실이다.

그렇기에 300만 명이라는 경이로운 숫자의 지원자가 현재 회사를 포기하면서까지 ATM에 지원한 것이며 그들 또한 강찬과 같은 아메리칸 드림을 꿈꾸고 있다.

이것은 하나의 현상이다.

300만 명이라는 적지 않은 수의 사람들에게 다시 한번 '아메리칸 드림'이라는 글귀로는 대변할 수 없는 꿈을 만들어주고 열정을 불어넣어 준 이 현상을 무어라 불러야 할지 나는 아직 정하지 못했다.

아직 이르다는 생각이 들기에 정하지 않았다는 말이 더 어울릴 수도 있겠다. 강찬, 그가 보여줄 마술은 아직 더 많이 남았다는 생각이 강하기 들기 때문이다.

인터내셔널 스크린, 기자 아서 맥두인.

"……맙소사."

파라가 스크랩해 준 기사를 읽은 강찬은 세 번 놀랐다.

첫 번째는 기사의 제목에 쓰인 300만이라는 숫자 때문에. 두 번째는 기사의 내용 때문에, 세 번째는 기사를 쓴 기자의 이름 때문에.

“아서 맥두인, 아시는 분이죠?”

“예.”

알다마다. 선댄스 영화제에서 처음 만나 기사를 써주었고 그 이후로 강찬의 영화라면 제일 먼저 기사를 써주는 고마운 사람이다.

게다가 할리우드에서 파라와 첫 만남 당시, 함께 있기도 했고.

“거의 논문 수준의 기사인데도 조회 수가 꽤 높아요. 다른 언론사들 사이에서의 평가도 좋은 편이고요.”

강찬이 고개를 끄덕이는 사이, 파라는 몇 개의 기사를 더 보여주었다.

[지원자 300만 명! 역대 최대의 지원자가 ATM으로 몰리다!]

[상장도 하지 않은 ATM, 그들의 성장 배경에는 중국이 있다? 중국 자본과 ATM의 관계는?]

[과연 ATM은 300만 명의 지원자를 어떻게 감당할 것인가.]

…….

기사의 반응은 두 가지로 나뉘었다.

하나는 ATM에 몰린 어마어마한 사람 수에 대한 경이로움, 두 번째는 300만 명을 어떻게 면접을 보고 채용을 할 것인가에 대한 궁금증.

"후…… 300만을 어떻게 감당할지 벌써 머리가 아파 오긴 합니다."

파라도 동의하는 지 몇 번이고 고개를 끄덕이다가 아, 하는 말과 함께 말했다.

"그 기사, 맥두인이 쓴 기사요. 굉장히 수준 높지 않나요?"

강찬의 칭찬으로 도배되다시피 한 기사지만 핵심 내용은 아주 잘 짚고 있었으며 문외한들이 보더라도 충분히 이해할 만큼 쉽게 써 내린 걸 알 수 있었다.

"그래서 말인데, 맥두인을 영입하는 거에 대해서 어떻게 생각하세요?"

"광고 부서로 말입니까?"

"예. 평론가나 기자 출신, 그것도 중견급의 사람이 한 명 정도 필요했거든요. 공채 보셨죠?"

파라 또한 AD 파트의 장, 그녀가 필요한 인원을 신청했고 강찬이 승인한 적이 있었다. 그가 고개를 끄덕이자 파라가 힘을 준 목소리로 말했다.

"보스한테 이 정도 호감이 있고, 또 실력과 경력까지 있는 사람을 생각하다 보니 이 사람이 제격인 것 같은데. 어떻게 생각하세요?"

"효율은 떨어질 것 같습니다만."

"네?"

강찬이 당연히 수긍할 거라 생각했던 것인지 파라가 눈을 동그랗게 뜨며 되물었다.

"맥두인이 있는 인터내셔널 스크린은 세계적으로 유명한 영화 잡지입니다. 그렇기에 제 편에 서서 기사를 써도 거부감이 들지 않죠. 하지만 그가 ATM에 소속되어서도 똑같은 기사를 쓰면 어떨 것 같습니까?"

"아…… 느낌이 다르겠네요."

"그겁니다. 맥두인과 같은 존재는 안보다 바깥에 있을 때 더 효율이 좋다고 보입니다."

"그럴 수도 있겠네요."

그의 뜻을 이해한 파라가 고개를 끄덕일 때, 의자에 몸을 기대고 있던 강찬은 테이블 쪽으로 몸을 끌어 앉으며 말했다.

"그런데 말입니다."

"네."

"기자가 아니라 파트장으로 데려오는 건 괜찮다고 생각합니다."

"파트장이요?"

현재 ATM의 파트장 자리에 공석은 없다. 그렇다는 건 누군가를 해임하거나, 새로운 파트를 만들어야 한다.

"ATM 홈페이지 있지 않습니까. 단순히 ATM에서 제작하는 영화 정보를 싣고 메이킹 필름과 비하인드 스토리를 올리는 용도로 두기는 좀 아깝다고 생각합니다."

"그럼요?"

"로튼 토마토나 IMDb, 메타크리틱 같은 영화 평론 카테고리를 운영하는 건 어떻습니까?"

"오, 괜찮네요."

To Be Continued

Wish Books
무공을 배우다
목마 퓨전 판타지 장편소설
WISHBOOKS FUSION FANTASY STORY
"무(武)를 아느냐?"
잠결에 들린 처음 듣는 목소리에 눈을 떴을 때,
눈앞에 노인이 앉아 있었다.
"싸움해 본 적 있나?"
"없는데요."
[무공을 배우다.]
20년 동안 무공을 배운 백현,
어비스에 침식된 현대로 귀환하다!
'현실은 고작 5년밖에 지나지 않았다고?'

힐통령 태양의 사제

제리엠 게임판타지 장편소설

WISHBOOKS GAME FANTASY STORY

"착하긴 뭐가 착해? 저런 퀘스트를 하는 건 착해서가 아니고 그냥 호구인 거야. 호구."

등 뒤에서 멀어지는 소리에
카이가 슬쩍 그들을 돌아봤다.

'내가 호구라고? 설마.'

[곤경에 처해 있는 NPC에게 선행을 베풀었습니다.]
[선행 스탯이 1 상승합니다.]

착한 일을 하면 보상이 따라온다?!

계산적이지만 그래서 더 선행을 할 수밖에 없는
힐이면 힐, 딜이면 딜.

힐통령 카이의 미드 온라인 정복기!